Karl Stöber

Geschichten des Pfarrers Siebentisch

Karl Stöber

Geschichten des Pfarrers Siebentisch

ISBN/EAN: 9783743316232

Hergestellt in Europa, USA, Kanada, Australien, Japan

Cover: Foto ©Andreas Hilbeck / pixelio.de

Manufactured and distributed by brebook publishing software
(www.brebook.com)

Karl Stöber

Geschichten des Pfarrers Siebentisch

Der Schlosser Wolf. S. 35.

Geschichten

des

Pfarrers Siebenkäs.

Von

Karl Stöber.

Stuttgart, 1865.
Druck und Verlag von J. F. Steinkopf.

Der Pfarrer Siebentisch und der Marktflecken, wo er seines heiligen Amtes wartet, gehören zusammen, wie der Dachs und sein Bau, wie die Jäger die Behausung dieses Einsiedlers heißen. Denn Distlingen und sein Pfarrer liegen und stehen sehr abgesondert von der Welt.

Der Flecken liegt in einer Sackgasse, an dem oberen Ende eines langen und tiefen Thals, das von den Felsen mit dem Schloß Hornstein geschlossen wird. Gegen Abend mündet das Thal in eine weite Ebene mit Dörfern und Städten; aber an der einzigen Straße, die hereinführt, liegt das Dorf Bruck, nicht nur breit, wie eine Barre vor der Mündung eines Stroms, sondern auch gefürchtet und gemieden, wie eine Sandbank.

Schon von dem Weg, welcher hindurchführt, wäre viel zu sagen. Denn er läuft nicht gerade aus, wie Fahrwege zu thun pflegen, sondern windet sich zwischen Dunghaufen, Kalkgruben, Schutthügeln, Holzstößen, hinfälligen Gartenzäunen und überhängenden Aesten hindurch, ein Geduldeter, der sich biegen und schmiegen und schmal machen muß, wie die Juden, so weit noch der Halbmond ein Wort zu reden

1*

hat. Vollends einzig in seiner Art ist er durch den schwarz=
braunen Brei, der schuhtief und darüber auf ihm steht, je
nachdem ein dickkopfiger Rollstein darunter liegt oder ein
gieriges Loch. Der Brei aber rührt von dem Abfluß eines
Moors, von den Auswürfen zweier Schmieden, von den
Beiträgen sämmtlicher Mistgruben des Orts, so wie von
tausenderlei verfaulten Stoffen her und ist so fein getreten
und gefahren, daß das Werk des besten Chokoladefabrikan=
ten hinter ihm zurückbleibt. So zusammengesetzt und ver=
arbeitet, wie er ist, würde er, auf Wiesen und Aecker ge=
bracht, Wunder thun, mehr als das Guano, dieses Nichts=
darüber unserer Landwirthe. Aber die Brucker Bauern,
welche alle in Einer Gasse rechts und links an der langen
Pfütze hin wohnen, würden lieber jedes andere Vergnügen
missen, als die Unterhaltung und den Zeitvertreib, die ihnen
ihre schwarze Lagune von Zeit zu Zeit verschafft. Denn
aus ihren Fenstern oder Höfen zu sehen und zu hören, wie
ein fremdes Fuhrwerk mit diesem Höllenweg kämpft, wie
das eine Rad an einen Stein stößt und das andere in ein
Loch versinkt, wie die Kaffeebrühe über die Axen geht und
die Wagenschmiere ersäuft, wie die Gäule vor Angst und
Noth zittern und schwitzen und endlich gar nicht mehr wei=
ter wollen, wie der Fuhrmann vergebens drein schlägt und
schreit und doch zuletzt vom Wagen oder Sattel in den Din=
tensatz springen muß, wenn er in der Teufelslache nicht auf
den jüngsten Tag warten will, — dieses Schauspiel geht
einem Brucker Insassen noch über Seiltänzer und Kameel=

treiber, besonders wenn er, wie an Sonntagen, seine Pfeife
dazu rauchen und nachschauen kann, bis Mann und Roß
wieder auf's Trockene gekommen sind und sich schütteln wie
ein gejagter Hund, der auf der Flucht über die Mistgrube
eingesunken ist.

. Und doch kann man nicht geradezu sagen, daß die Re=
densart „In die Dinte kommen" ihre Wurzel in dem
schwarzen Brei der Brucker Dorfgasse hat. Dem wider=
spricht wenigstens ein Fall, der sich in der unsicheren Zeit
nach dem dreißigjährigen Krieg begab, fast zweihundert
Jahre in der Criminal=Akte des Schlosses Hornstein ver=
borgen lag und nun von dem Erzähler wieder der Vergef=
senheit entrückt werden soll, wenn auch abermals nur auf
einen Augenblick.

Da, in jener unsicheren Zeit, waren eines Tages vier
Leute unterwegs. Sie kamen aus dem Städtlein Löwen=
thal in der Ebene und wollten nach Distlingen. Es waren
eine Braut, ihr Vater, ihre Mutter und ihr Bruder, der
ein vogelscheues Rößlein lenkte mit Zügeln, denen er nicht
viel zumuthen durfte. Denn sie waren, wie alles Riemen=
werk, das sonst aus den Rüstkammern der Nachkommen Is=
raels kam, von dürrem Leder und mit Schnallen, die dem
Wappen der Familie Nothhaft wenig Ehre gemacht hätten.
Das Wägelein, auf dem die Reisenden saßen, war kurz und
dabei so hoch gestellt, daß sein Baumeister, der Wagner,
offenbar die Absicht hatte, den vielseitigen Gebrauch der
Leitern nicht zu beeinträchtigen. Uebrigens hatte das Fahr=

zeug, ehe es auslief, auch Ballast eingenommen. Denn zu
den Füßen des Benjamin Sulzmann lagen dreitausend harte
Thaler in ledernen Gurten, nachdem sie das letzte Viertel
des genannten Kriegs mit noch ein paar Tausend ihres
Gleichen in der Lohgrube einer verlassenen Gerberei ver-
schlafen hatten.

Schon deßwegen, weil sie eine Hochzeit vor sich hatten,
waren die Insassen des Einspänners bunt gekleidet. Die
dreimal zehnerlei Farben, die sie an sich trugen, hatten aber
auch noch einen anderen Grund. Unter allen ihren Kleidern war nicht ein einziges neues; sie waren alle aus dem
Trödelkram des alten Benjamin, und dahin aus den
Schnappsäcken der Marodeurs gekommen, denen er sie gegen Branntwein, Würfel, Karten und andere für Kriegs-
knechte unwiderstehliche Dinge abgehandelt hatte. Daher
trug er den grünen Rock eines Forstmeisters, die rothen
Hosen eines Hofcavaliers, die violettblumige Weste eines
nach der Welt schielenden Pfarrers und das Halstuch einer
Edelfrau, die mit den zunehmenden Jahren in ihrem Klei-
derschmuck schon weit mehr als die Regenbogenfarben ver-
sammelt hatte. Seine Strümpfe hatten an den Beinen
eines Edeljunkers Hofbälle mitgemacht. Nur der Hut war
mit den Schuhen von einer Farbe. Benjamin hatte die
Borten, die einst einen schwedischen Oberst charakterisirten,
abgetrennt und rentirlich gemacht. Seine Ehehälfte, die
Lea, hatte sich auch aus derselben Garderobe mit fremden
Federn geschmückt und namentlich in Bändern das Mög-

liche gethan. Die Farben hatten zwar nicht mehr das
Feuer, mit dem sie aus den Kaufläden der Residenzstädte
gekommen waren; aber im Widerspruch gegen einander wa=
ren sie doch noch schreiend genug, und wenn der Wind, der
aus dem Thale kam, darein blies, war es, als ob die
Blauen und Rothen, die Blitzgelben und Grünen auf ein=
ander losschlügen. — Nur die Braut hatte außer ihren
frischrothen Wangen, blauen Augen und starkblonden Haa=
ren gar keine Farbe an sich. Weiß war der Atlas ihres
Kleides, weiß waren die breiten Spitzen unten und oben,
weiß die Handschuhe, die bis zu den Gruben an den Ellbo=
gen hinaufgiengen, weiß die seidenen Schuhe mit den gol=
denen Fliedern. Und das war kein Wunder. Mit dem Al=
len war schon eine Braut des Himmels angethan gewesen.
Die Gräfin Anna von Hohenau, siebenzehn Jahre alt und
mit einem Manne verlobt, starb an einem Fall auf den
glatten Marmortreppen und nahm ihr Brautkleid mit in
die Gruft. Aber die Frau des Meßners zog es ihr in der
Nacht wieder aus und verkaufte es heimlich, so daß es noch
den Weg außer Lands machen und in die Hand des Ben=
jamin gelangen konnte. — Kurz und gut, die vier Leute
auf dem Wägelein waren gleich dem Strauß, der mit seinen
Stielen in einem hohen Kelchglase steht und von einem
Windhauch umgelegt und von dem Finsterfims in den Gas=
senkoth geworfen werden kann, trotz der Lilie, welche dabei
am schlimmsten wegkommen muß, ohne ein solches Schicksal
zu verdienen.

Jenseits der Dintengasse von Bruck saßen auch vier Leute, aber nicht zusammengedrängt in einem kleinen Fuhrwerk, sondern auf dem Gras und in dem Schatten eines großen Haselnußstrauchs und eines Felsen, der zum Theil darüber hing, wie das vorspringende Dach einer Sennhütte. Sie waren guter Dinge, wie Fischer, die ihr Netz ausgeworfen haben und an der Bewegung der hölzernen Flossen abnehmen können, daß sie es es nicht umsonst thaten, oder wie der Mann in der Hütte des Vogelherds, der das Zugseil schon in der Hand hat und im Begriff ist, das Garn über den eingefallenen Drosseln zusammen zu ziehen. Denn es waren Spießgesellen, die ihre langen Finger unter den Fahnen des Torstenson geübt hatten und nun auf eigene Faust gebrauchen wollten. Auch hatten sie eine eben so gefahrlose Arbeit vor sich, wie der Wolf, der in eine vorbeiziehende Heerde fallen und ein Lamm zum Frühstück holen will, indeß der Hund daheim an Kreuzschmerzen krank liegt. Denn sie hatten erfahren, daß der Benjamin Sulzmann an dem und dem Tag seine Tochter nach Distlingen bringen wollte, und lauerten auf ihn, weil sie wußten, daß bei den Juden unmittelbar vor der Trauung in Baarem erlegt wird, was Braut und Bräutigam einander zubringen, damit nicht der Ehestand von vornherein durch unerfüllte Versprechungen getrübt werde. Daß aber der Kuzen, das ist verdolmetscht der reiche Mann von Löwenthal, seine einzige Tochter ihrem Zukünftigen reich versilbert übergeben werde, war so sicher und gewiß, als das goldene Gefieder, womit

die Paradiesvögel und die reichen Fasanen ihre Kinder aus=
statten. Darum bewachten auch die vier Strauchdiebe den
Ausgang der hohlen Gasse von Bruck mit ihren Falkenau=
gen, und es hätte nicht ein verlaufenes Hündlein heraus=
kommen und seinen Weg fortsetzen können, ohne von ihnen
bemerkt zu werden.

Von ihren scharfen Augen und noch schärferen Krallen
wußte aber unser Brautvater nichts. Ihm, der die Untu=
gend seines Gauls und die Ueberschwänglichkeit seines Wa=
gens am besten kannte, stand nur die Teufelsgasse von Bruck
vor Augen, wie einem Träumenden das schwere Dintenfaß
von Blei, das er, auf dem Rücken liegend, auf seiner Brust
stehen sieht und stehen lassen muß, weil er seine lahmen
Arme nicht gebrauchen kann und jeder Ruck einen Erguß des
übervollen Gefäßes und eine kostspielige Entschädigung für
das ruinirte Bett des Wirths, zur Folge haben würde.
Deßwegen forderte der ängstliche Mann schon hundert
Schritte vor dem gefährlichen Paß von seinem Sohne die
größte Vorsicht, und als das Rößlein in sichtbarer Bedenk=
lichkeit mit dem ersten Fuß in das Wahrzeichen von Bruck
trat, fieng er an ein Gebet zu murmeln, vielleicht eins von
denen, die an dem Bußtag der Juden in der Synagoge ge=
sprochen werden; und Frau und Tochter schrieen nach Kräf=
ten, so oft ein Rad an einen Stein oder in ein Loch fuhr
und an seichten Stellen die hohlen Hufe des Gauls zu eben
so vielen Druckwerken wurden und schwarze Strahlen nach
allen Richtungen warfen. Aber weder Schreien noch Beten

half. Eine Henne, die eben verlegt hatte und mit großem Geschrei aus einem Dachfenster über die Gasse flog, weil sie zwischen ihrem Schlupfwinkel und dem jenseits liegenden Zaun nicht hatte, wohin sie ihren Fuß setzen konnte, machte den Gaul scheu, der ohnedieß schon vor Angst schwitzte. Er that einen Seitensprung und das Fahrzeug, das ihm folgte, fiel mit seiner ganzen Ladung um und in den Morast, wo er am tiefsten und am breitesten war.

Der Schiffbruch war vollständig. Die vier Räder an dem Wägelein schauten gen Himmel, der Gaul lag auf der Seite, und die Passagiere, die als Kinder Sems in die angerichtete Suppe fielen, kamen als Kinder Hams wieder heraus.

Doch war das Unglück so groß nicht, als es anfangs schien. Da der Sommer gerade am heißesten war, hatte auch die Suppe die wohlthuende Temperatur der Moorbä= der; die Geldgürtel waren nicht schwerer zu finden, als die Karpfen und Schleihen in dem Schlamm eines abgelassenen Weihers; das Rößlein sprang von selbst wieder auf und blieb ruhig stehen, das Wägelein konnte ohne viele Mühe wieder auf seine Füße gestellt werden; die Schiffbrüchigen endlich hatten sich in dem weichen Bett nicht einmal eine Beule gefallen und setzten ohne großen Verzug ihre Reise fort, und nach einer kurzen Berathung, die den freundlichen Leser ihretwegen vollkommen beruhigt haben würde, hätte er sie mit anhören können wie die Bauern von Bruck, die einer Beruhigung nicht bedurften, sondern sich über das so

vollkommen gelungene Meisterstück ihrer Dorfgasse herzlich
freuten.

Die vier Zöglinge des dreißigjährigen Kriegs, welche
unter dem Haselstrauch lauerten, sahen auch endlich den
Einspänner aus dem Dorfe herauskommen. Die schwarz=
gekleideten Leute aber, die darin saßen, konnten unmöglich
auf dem Wege zu einer Hochzeit sein, sondern waren ge=
wiß Verwandte des verstorbenen Sonnenwirths, der diesen
Nachmittag in Distlingen beerdigt werden sollte. Der paar
Groschen wegen, meinten sie, die diese Mistfinken in ihren
Hosentaschen und Unterröcken hätten, einen besseren Fang
zu versäumen, da müßten sie Dinte gesoffen haben. — Daß
unter dem schwarzen Ueberzug keine Mistfinken stacken, son=
dern Goldammern, das konnten sie natürlich aus der Ferne,
in der sie sich von dem Fahrzeug halten mußten, nicht sehen.
Als es Abend geworden war, zogen sie sich von ihrem Lug=
insland wieder in den Wald zurück, verdrießlich, wie der
Fuchs, der seinen Zahn für ein Rehkitz wetzt und nur ein
paar Heuschrecken im Magen hat, wenn er sich auf den
Heimweg macht.

Die Löwenthaler dagegen verlebten die andere Hälfte
des Tags in lauter Vergnügen. Als sie in Distlingen ein=
fuhren, erregten sie zwar einiges Aufsehen; aber das dienst=
fertige Wasser des Marktfleckens reinigte sie bald von der
Farbe Hams, und einige Garderoben von Freunden und
Verwandten thaten das Uebrige. Dann klangen die Thaler,
in denen die baare Mitgift des Bräutigams und der Braut

erlegt wurde, auf dem Tisch; darauf gieng es, drei Musi=
kanten voran, in den Vorhof der Synagoge, und zuletzt gab
der Spaßmacher Jokele von Ipshofen seinen Senf zum
Gastmahl und seine Blumen zu dem Tanz, indem er das
Zwerchfell der Väter erschütterte und den Töchtern in's Ohr
sagte, was sie gerne hörten.

Der alte Benjamin Sulzmann erfuhr nicht mehr, was
für einem Unheil er durch das Schlammbad in Bruck ent=
gieng, und konnte den Verlust eines Ohrenrings und einer
Vorstecknadel, den dieses Vorspiel von der Hochzeit seiner
Tochter kostete, nie ganz verwinden. Aber so geht es dem
lieben Gott immer. Wir betrüben uns oft über eine Taufe
aus seiner Hand, und sollten ihm auf unseren Knieen dafür
danken.

Das Dorf Bruck aber, welches, wie schon gesagt, in
der Mündung des Thales von Distlingen liegt, wird nicht
nur wegen seiner gefährlichen Gasse, sondern auch wegen
eines anderen Umstands gefürchtet und gemieden.

Schon für vollkommen gesunde Leute ist es bedenklich,
diesen Ort zu passiren, und noch mehr für solche, die mit
einem Schnupfen behaftet sind, oder deren Nasen sich über=
haupt in einem gereizten Zustand befinden.

Denn als einmal der Kaiser in ihre Gegend kam, woll=
ten die Brucker diese Gelegenheit benützen und schickten drei
Männer ab, die ihm ihre allerunterthänigste Bitte um eine
Gerechtsame vortragen sollten. Diese ihre Deputirten saß=
ten an dem Weg zwischen Bruck und Löwenthal, den das

Oberhaupt des deutschen Reiches kommen mußte, Posto und warteten auf seine Ankunft. Voraus ritten aber etliche vom Hofstaat und unter ihnen auch der Hofnarr. Der hielt sein Rößlein an, fragt nach dem Anliegen der Herren und reichte ihnen zum Abschied seine große Dose von Schildkrot. Die Abgesandten nahmen, was zwischen ihre breiten Daumen und Zeigefinger gieng und füllten ihre Nasen damit, worauf der lustige Rath weiter ritt und der Kaiser kam. Aber statt ihren Vortrag zu machen, brachen die Bittsteller in ein gewaltiges Niesen aus und niesten fort, bis die Kaiserliche Majestät ungeduldig wurde und weiter ritt, das Gefolge aber dahinter her lachte, als wäre es unsinnig geworden, was kein Wunder ist, weil, wenn man dem Chronisten glauben darf, das Niespulver des Hofnarren nach mehr als einer Richtung wirkte.

Seit der Zeit nehmen es die Brucker übel, wenn ein Fremder auf dem Wege durch ihren Ort niest. Auf das erstmalige Niesen springen sie von ihren Tischen auf, auf das zweitmalige stecken sie ihre Köpfe durch's Fenster, und auf das dritte fahren sie auf die Gasse hinaus und wünschen mit Besenstielen, oder was ihnen gerade zur Hand ist, Gesundheit.

Wie weit aber Distlingen — um auf den Wohnort unseres Pfarrers zurückzukommen — von der großen Welt abliegt, und wie wenig daselbst noch die alte Zeit von der neuen verdrängt worden ist: das beweist unter seinen Wahrzeichen gerade das, welches am meisten in die Augen fällt.

Denn das ist nicht ein Kreuz, das den Gipfel eines kahlen Berges krönt, nicht ein Maienbaum, der jedes Jahr frisch auf einen unsteigbar scheinenden Felsen gepflanzt wird und auf einen kühlen Sommerkeller herabschaut, auch nicht ein Thor- oder Kirchen-Thurm, der seines Gleichen nicht in der ganzen Christenheit hat, und noch weniger ein Brunnen, der mit dem Nürnberger in die Schranken treten könnte, sondern ein Galgen.

Als nämlich die Freiherren von Hornstein noch das Recht hatten, mit Schwert, Strang und Rad vom Leben zum Tod zu bringen, dachten sie auch an einen Galgen und stellten ihn auf einen Platz, von wo er durch das ganze Thal hinab dieses Recht verkünden und im frischen Andenken erhalten konnte. Als der erste in seiner Altersschwäche und Gebrechlichkeit dienstunfähig geworden war, wurde ein zweiter gebaut. Mit dem deutschen Reiche aber wurde auch jenes sammt hundert anderen Hoheitsrechten zu Grabe getragen, und es sollte nun auch der Schild eingezogen und dieser Dreifuß des Nachrichters entfernt werden; aber die Distlinger wendeten den Vorgriff an einem Hauptpunkt ihrer nächsten Umgebungen ab. Sie drückten durch eine Deputation den Wunsch aus, daß der Galgen für sie und ihre Nachkommen bleiben möchte, und die im Condominium stehenden Freiherren konnten nicht umhin, dieser eben so rührenden als zähen Anhänglichkeit an dem Alten und Herkömmlichen zu entsprechen. So trägt der Galgenberg im Weißachthal noch immer seinen Namen mit wahrhaft sichtlichem Recht. Doch wundert man sich schon beim ersten Blick auf ihn, daß er nicht, so lange der Marktflecken noch unter dem Hirtenstabe des Papstes stand, zum Calvarien= berg gemacht worden ist. Denn er steht an dem Ufer der Weißach wie ein Kegel, ist ganz kahl, hat einen Wendel= steig, der schon von der Sündfluth herrührt und bis nahe an den Gipfel hinauf geht, und mehrere Absätze, von Fel= sen gebildet, die nach dem Berge hin zugänglich sind, thal= wärts aber schroff und zum Theil thurmhoch abfallen, wä= ren zu den einzelnen Stationen wie gemacht gewesen. Be= lebt mit einer Procession, die sich von seinem Fuß an wie ein schmales Band hinaufwindet, anhält, wenn sie mit ihrer Spitze auf einer Station angekommen ist, sich um die drei Kreuze auf der Platte des Gipfels zusammenrollt, kniefäl= lig den anbetet, der unsere Schmerzen auf sich lud, sich er= hebt und wieder in einen Zug abwickelt, heim zu gehen, wie das Volk auf Golgatha, das an seine Brust schlug und wieder umwandte, — so staffirt müßte der Berg einer der herrlichsten unter seinen Brüdern sein. Unten sitzen bleiben möchte ich auch, und dem Manne nachsehen, der, ein Ge= lübde zu erfüllen, mit dem schweren Kreuz von Eichenholz den schattenlosen Berg erklimmt, und, wie er an seinem Leibe, in meiner Seele empfinden, wie schwer und heiß des HErrn Gang nach Golgatha gewesen ist.

Der Galgen übrigens, der den Berg um seinen alten ehrlichen Namen „den Gaisrücken" brachte, ist noch immer ledigen Standes. An den starken eisernen Haken, die in

seine drei Querbalken geschraubt sind, hieng nie eine hän=
fene Schlinge mit einem Vogel, dem die Halsgerichtsord=
nung, von den Criminalisten Carolina genannt, einen be=
schränkten Genuß der freien Luft verordnet hat. In der
Ringmauer, auf der seine drei schlanken Säulen von Back=
steinen stehen, liegen weder die Gebeine von armen Sün=
dern, noch die Schuhe, die ihnen entfallen, wenn sie mit
ihren Zehen zum letzten Mal den Boden suchen, und die
dann mit ihren harten Oberledern und dicken Sohlen dem
Schnee des Winters und dem Thau des Sommers Jahre
lang Trotz bieten. Aber ganz nahe stand es ihm einmal,
seine Schuldigkeit thun zu müssen. Die Leiter stand schon
an ihm, und einer seiner Hacken war schon untersucht, wie
der freundliche Leser erfahren wird, wenn er von der folgen=
den Geschichte Notiz nehmen will.

In unserem Frankenlande pflegt man nämlich zu sa=
gen: „wenn der liebe Gott einen Narren mehr haben will,
nimmt er einem alten Manne sein Weib," ein Wort, das
wenigstens an dem Schlosser Andreas Wolf, auch der
Sachs genannt, wahr geworden ist; wenn auch, wie wir
sehen werden in einer Weise, daß sein Name in Distlingen
und der ganzen Umgegend einen guten Klang behielt, bis er
mit anderen eben so guten Namen in den Stromschnellen
der Zeit verscholl und für ihn auf Erden nichts mehr übrig
blieb, als etliche Blätter in den Criminal=Akten, die auf
dem Estrich des Archivs umherliegen, wie mit Füßen getre=
tenes Laub von dem Baum der Vergangenheit.

Den Ehestand nämlich kann man, wie manchen andern
Stand, im Allgemeinen mit dem Kraut vergleichen, welches
dem ungelehrten Erzähler nur unter dem Namen „Bitter=
süß" bekannt ist. Ein Stengel von diesem Kraut, in den
Mund genommen und gekaut, ist anfangs dem Gaumen
nichts weniger als angenehm, schmeckt aber je länger desto
besser. Und so ist es auch mit den Ehen, welche christlich
geführt oder, wie Paulus schreibt, ehrlich, rein und werth
gehalten werden. Bis man sich wechselseitig kennen und in=
einander zu finden lernt — bis man miteinander den schwe=
ren Anfang im Hauswesen und Geschäfte hinter sich sieht
— bis man alle die Nächte überstanden hat, in welchen
wegen der schreienden und ächzenden Kinder kein Schlaf ist
— bis die Sorgen vorüber sind, die mit den Schuhen und
Löffeln des Kinderhaufens größer werden — so lange man
von seinen eigenen unverforgten Söhnen und Töchtern er=
innert wird an das Wahrwort: „die kleinen Kinder treten
den Eltern auf die Füße, die großen aber auf's Herz" —
so lange kann man von dem Stengel des Ehestandes selten
rühmen, was Simson von dem Löwen: „Süßigkeit gieng
von dem Starken." Wann sich aber für Mann und Weib
der Tag neigt, der auch in seiner Mühe und Arbeit, in sei=
ner Last und Plage eitel Segen von oben gewesen, und ihr
Feierabend und Vorsabbath gekommen ist — wann in den
stillen Nächten die Todtenuhr pickt: „der Mensch soll wan=
dern in sein ewiges Haus, und die, so die Todtenklage hal=
ten sollen, sind schon nahe; an der hängenden Lampe des

Lebens reißt die silberne Schnur und bricht die goldene Ku= gel, daß der Staub wieder zu der Erde komme, wie er ge= wesen ist, und der Geist wieder zu Gott, der ihn gegeben hat;" wann das Todtenhuhn mahnt: „Bestelle, bestelle, be= stelle dein Haus!" und Mann und Weib möchten auch den letzten Weg miteinander gehen, wie den ersten heim von der Kirche, dann haben sie das Gleichniß von dem Bittersüß= kraut verstehen gelernt.

Für den Meister Andreas Wolf war sein Ehestand nur ein Wermuthblatt gewesen oder eine bittere Enzianwur= zel, an der man kaut, wenn man zu Pestkranken geht. Denn seine Braut, die Nätherin Benigna, hatte ihm außer einem Säckel mit zweihundert Thalern auch ein Wesen zu= gebracht, das für den Hausstand noch tausendmal weniger gemacht war, als ihr weiches, weißes Händlein für seine harte schwarze Hand, und das sich zu seinem Wesen reimte, wie der Battist, an dem sie nähte, zu dem Strohwisch, wo= mit er die Kohlen in der Esse besprengte. Das Geld ver= wandelte sich in ein kleines freundliches Haus und in die Einrichtung einer wohlversehenen Werkstätte; aber das We= sen verwandelte sich nicht, sondern blieb, weil es in den kranken Nerven der Frau noch mehr und tiefere Wurzeln hatte, als das Hundsgras im Acker und das Mausöhrlein im Grabfeld. Wie grämlich die Schlosserin einen Tag wie den andern in ihr Nähkissen hinein und hinter ihrem Mann her oder durch's Fenster schaute, kann sich am besten die Leserin vorstellen, die ohnedieß nicht zu den Ueberfreund=

lichen gehört, und ihr Angesicht im Spiegel beschaute, wäh=
rend sie eine Gabe Brechweinstein im Leib hatte, die für
eine vollständige Wirkung zu schwach war und nur eine an=
haltende Uebelkeit erregte. Wäre das Haus der schwarz=
süchtigen Frau nicht auf gutem Felsengrund gestanden, son=
dern auf der wogenden Steppe der Nordsee, dann hätte man
denken müssen, seine Bewohnerin leide Jahr aus und Jahr
ein an der Krankheit, welche die Wirkungen des Essigs und
der Galle durch den Gaumen auf das Gesicht in sich vereinigt.
Seltener als ein Mondregenbogen war ein Anflug von
Freundlichkeit in ihrem Gesicht, und nicht einmal in dem
geringen Grade hell, wie diese Lufterscheinung. Kurz, Mei=
ster Andreas hauste mit seiner Frau zwanzig Jahre, und
machte nicht eine von den Erfahrungen, welche Sirach, glück=
licher als er, niederlegen konnte in den Worten: „ein recht=
schaffenes Weib ist ihrem Mann eine Freude und macht
ihm ein fein ruhiges Leben. Er sei reich oder arm, so ist's
seinem Herzen ein Trost und macht sein Angesicht allezeit
fröhlich. Wie die Sonne, wenn sie aufgegangen, an dem
hohen Himmel des HErrn eine Zierde ist, also ist ein tu=
gendsames Weib ein Schmuck in ihrem Hause."

Kein Wunder also, daß der Schlosser noch ein halbes
Jahr nach dem Hinscheiden der immer trübseligen Benigna
Nachts von den bösen Tagen träumte, die er bei aller Ge=
duld mit ihr gehabt hatte, und am Tage wünschte, die an=
dere Hälfte seiner Jahre in dem freundlichen und warmen
Schein einer Haussonne zu verleben, wie sie der weise Si=

rach zeichnet, und in seinen Feierstunden unter den Reben
zu sitzen, von denen es in dem Pilgerlied heißt: „Dein
Weib wird sein wie ein fruchtbarer Weinstock hinter deinem
Hause." Ja seine Wünsche entwickelten und entfalteten
sich schnell und straußweise, wie die blauen und rothen Blu=
men der Gartenwinde in der Morgensonne, als er bei sei=
nem Bibellesen in das letzte Kapitel der Sprüche kam, wo
es heißt: „Wem ein tugendsam Weib bescheert ist, die ist
viel edler, denn köstliche Perlen. Ihres Mannes Herz darf
sich auf sie verlassen und Gewinn wird ihm nicht mangeln.
Sie thut ihm Liebes und kein Leides, ihr Leben lang. —
Ihr Mann ist berühmt in den Thoren, wenn er sitzt bei
den Aeltesten des Landes. — Sie thut ihren Mund auf
mit Weisheit und auf ihrer Zunge ist holdselige Lehre. Sie
schauet, wie es in ihrem Hause zugehet, und isset ihr Brod
nicht mit Faulheit. Ihre Söhne kommen auf und preisen
sie selig, ihr Mann lobet sie. Lieblich und schön sein ist
nichts, ein Weib, das den HErrn fürchtet, soll man loben.
Sie wird gerühmt werden von den Früchten ihrer Hände,
und ihre Werke werden sie loben öffentlich."

Als der Schlosser diese Worte las, dachte er fast bei je=
dem Vers an die Wirthschafterin Johanna Ebert, die schon
seit mehr als zwanzig Jahren in dem Schloß zu Distlingen
diente. Es war ihm, als hätte König Salomo diese Münze
mit seinem Bild auf der einen und mit dem Frauenlob auf
der anderen Seite nur für sie schlagen lassen. Und es war
ihm mit Recht so. Denn auch von ihr konnte man rühmen

„Ihre Werke loben sie." Die weiten Dachböden im Schloß, so rein gehalten und mit Gittern so wohl verwahrt, daß man für die aufgehängte schneeweiße Wäsche weder von der Spinne des Hiob noch von der Schwalbe des Tobias etwas zu fürchten hatte — die Zimmer und Säle mit Vorhän= gen so frisch, wie das Weiße um den Dotter eines hartge= sottenen Eies, und mit Fußböden so hell und glatt, wie das Eis auf dem überfrorenen Teich — das Speisegewölb voll in allen Fächern und auf allen Hängen und an allen Haken und in allen Schubladen, und doch ohne eine umgekommene Brosame und ohne einen ungebetenen Gast von der Maus herab bis zur Ameise und zu dem Schimmel — die Küche mit einem laufenden Brunnen und durchhin so rein und blank, daß auch in ihr Sarah für den HErrn und seine En= gel hätte ihre Kuchen kneten und backen können — die Dienstboten, getrieben und regiert von einem Geist, der an Kraft und Gleichmäßigkeit mit der besten Uhrfeder verglichen werden konnte — Alles, auch ein Kleeblatt von alten Wei= bern, das täglich mit vollen Töpfen aus der Schloßküche kam, Alles sprach für die Wirthschafterin, und auch nicht eine ungerichtete Mausfalle oder zerbrochene Fensterscheibe wider sie. Und bei dem Allen hatte sie nie das Mürrische der Unmüßigen, wie Martha in Bethanien, als sie hinzutrat und sprach: „Herr, fragest du nicht darnach, daß mich meine Schwester lässet allein dienen? Sage ihr doch, daß sie mit mir angreife." Im Gegentheil, je schwerer und länger ein Tagewerk war, desto mehr erinnerte ihre unüberwindliche

Ausdauer und herausfordernde Freudigkeit an den Meister
der Mechanik in Syrakus, welcher äußerte: „Ich will die
Erde aus ihren Angeln heben, wenn ihr mir einen Punkt
gebt, auf dem ich stehen kann."

Darum dachte auch der Schlosser, mit dieser müßten
ihm seine Feierstunden und Feierabende und Feiertage zu
eitel Blumen und Fruchtstöcken werden, während sie ihm
neben seiner ersten Frau Dornenkränze gewesen waren, die
er nur in seiner Werkstatt ablegen konnte. Denn dahin
konnte ihm seine zweite Hälfte nicht folgen wegen ihrer
schwachen Nerven, die das Hämmern und Feilen nicht ver-
trugen. — Seine fünfzig Jahre, dachte er weiter, und die
vierzig der Wirthschafterin dazu machten zusammen neunzig,
und diese wären noch nicht zu schwer für zwei starke Rücken
und vier gute Schultern, damit könne man noch eine ziem-
liche Strecke Wegs in Fried und Freud zurücklegen, wie der
Mann von dem Geschlechte Elimelechs mit der Ruth.

Auch durfte sich Meister Andreas noch unter den Wer-
bern um eine glatte Frauenhand sehen lassen. Wenn man
am Egiditag auf den Schießplatz hinauszog, war er einer
der stattlichsten Männer im Zug, und wenn es wieder heim
gieng, trugen fast jedesmal seine Lehrjungen eine Scheibe
mit ausgeschossenem Punkt und einen Kranz oder eine Fahne
mit etlichen Schaustücken vor ihm her. Aus seiner Werkstätte waren die preiswürdigsten Arbeiten hervorgegangen,
Arbeiten, die heutiges Tages noch jede Concurrenz in den
Krystallpalästen aushalten könnten. Er hatte die Folterkam-

mer in der Vogtei eingerichtet und die Instrumente, womit er sie versah, wirkten so gut, wie die, womit die Natur ihre Mosquitos, Bandwürmer und Erdflöhe versehen hat. Die Criminalisten hatten damals ihre Freude daran, wie ihre Collegen jetzt an den Zeugen, deren Aussagen in so engen und festen Maschen zusammengehen, daß auch der schlaueste Vertheidiger kein Loch mehr findet, durch welches er seinen Clienten wieder in's Freie verhelfen kann. — Die Residenz der Herren von Hornstein, die nach den Verwüstungen des dreißigjährigen Kriegs wieder in einen wohnlichen Zustand versetzt wurde, hatte er mit seinen Arbeiten aus Eisen und Messing wahrhaftig geschmückt und unter andern das Meister= stück geliefert, daß alle Flügelthüren des mittleren Stockwerks so genau auf einander paßten, wie die Gläser im Fernrohr, und daß man mit einem Auge am hintersten Schlüsselloch durch alle andern Schlüssellöcher der langen Reihe nach sehen konnte. Auch die große eiserne Kasse des Kastners war von ihm. Sie hatte Verzierungen nach Nürnberger Mustern und das Schloß von seiner eigenen Erfindung noch mehr Riegel, als der Kastner lange Finger an seinen zwei Hän= den. Und so voll die Werkstatt von eisernen Stangen, Ei= senblech und anderen Vorräthen, so voll war auch das Haus des Schlossers von Betten und Weißzeug und Küchengeschirr und anderen Dingen, wie Flachs und Wolle. Denn seine selige Benigna hatte die Natur der Ameise, welche den Weih= rauch für Andere sammelt, und der Seidenraupe, welche für Andere spinnt.

Item: Meister Andreas war ganz der Mann, wie ihn eine zweite Frau wünschen konnte. Aber in seiner deutschen Bescheidenheit mußte er in ganz Diſtlingen am allerwenigsten, was er war und wie er ſtand, dazu fürchtete er für den Fall, daß er einen Korb davon trüge, den Spott, und darum gieng er nicht geradezu, wie ſeine Kugeln auf die Scheibe oder nach dem Vogel auf der Stange, ſondern wie die Katze um den heißen Brei.

In ſeiner Lage wäre es am beſten geweſen, an die Wirthſchafterin zu ſchreiben, oder einen ſicheren Mann zu ſchicken, oder es zu machen wie ſein Nebenbuhler, der Koch Jodokus Winkelmann im Schloß, der ſeine Sache ohne Umſtände vorbrachte.

Dieſer Meiſter in allerlei Leckerbiſſen arbeitete nicht allein mit ſeinem langen Meſſer, ſondern wie Herr Zink, der Kaſtner, nebenbei auch mit ſeinen langen Fingern. Er räumte, wo er konnte, auf, aber nicht wie die treue Maſchine in der Münze zu London, die nichts neben hinausgehen läßt, ſondern was ſie prägt, ihrer Frau, der Königin Viktoria, in die Taſche ſchiebt; vielmehr wie Rahel unter den Götzen ihres Vaters und wie Achan unter den Mänteln, Spangen und Geldbörſen in Jericho. Ein Siegelring des Freiherrn bekam Füße und lief davon, ein Schlüſſelhaken und eine Vorſtecknadel der gnädigen Frau bekamen Flügel und flogen davon, ein ſilberner Löffel bekam Floſſen und ſchwamm davon, man wußte nicht wohin. Doch gab man ſich ſchon mit manchem Wink zu verſtehen, der Koch

mit seinen scheu verstohlenen Seitenblicken und großen Ta=
schen sei der Zauberer, der solche Dinge zum Laufen, Flie=
gen und Schwimmen bringen könnte. Auch er selbst hielt es
nicht mehr für rathsam, das Nebengeschäft alleine zu betreiben,
und wollte es mit der Wirthschafterin theilen, weil er ihre
scharfen Augen am meisten fürchtete und sie die Schlüssel
zu allen Thüren hatte. Vor Allem sprach er daher von
einer Theilung seines Herzens mit ihr. Aber sie wies sein
Anerbieten so widerwillig ab, als hätte er von der Thei=
lung einer Kröte mit ihr geredet, und deßwegen beschloß er
die reiche Münzsammlung seines Herrn erst später auszu=
zählen, obgleich der Schlüssel zu dem Cabinet schon in sei=
ner Tasche, und das Schloß nicht abgeändert, sondern nur
ein neuer Schlüssel angeschafft worden war.

Der Koch war wenigstens durch die Vorderthüre einge=
gangen. Er war der Wirthschafterin auf's Zimmer gerückt
und wollte diesen Weg noch öfter gehen, trotz des Korbs,
den er davongetragen hatte. Der Schlosser aber wählte den
Weg durch eine Hinterthüre. Und das ist immer eine be=
denkliche Sache, und wenn es auch nur das abgelegene
Pförtlein in der Mauer um einen Schloßgarten ist, wie
das, welches Meister Andreas mit einem seiner Sperrhaken
öffnete, weil er wußte, daß die Wirthschafterin selten einen
Sonntagsabend vorübergehen ließ, ohne einen Gang durch den
Gemüsegarten zu machen und zu sehen, was er für die be=
gonnene Woche in die Küche liefern könnte. Aber gerade an
jenem Unglücksabend war nicht die Beschließerin da, son=

dem sein Nebenbuhler; und dieser schlich sich, als er des Schlossers im Halbdunkel ansichtig wurde, hin an das Pförtlein, um es zuzuschlagen und dann den gefangenen Wittwer auf Freiersfüßen dem Spott der Schloßleute preiszugeben. Als er aber an der Thüre einen Ring mit mehr als vierzig Dieterichen hängen sah, begriff er in einem Augenblicke, daß nun sein Waizen reif sei, und entwarf mit der Schnelligkeit, die den ausgelernten Dieben eigen ist, einen Plan, der dem Schlosser den Hals brechen, ihn aber zum wohlhabenden Mann machen mußte, da er nicht mißlingen konnte. Die Thüre ließ er offen, die Sperrhaken aber steckte er in seine große Tasche und hielt sie mit der einen Hand fest zusammen, daß sie sich weder rühren noch Lärm machen konnten. So eilte er in das Schloß zurück, das, einen alten tauben Pförtner ausgenommen, alle seine Leute für das Puppenspiel im Marktflecken unten abgegeben hatte. Der gestohlene Schlüssel öffnete ihm das Münzkabinet, und bei der vollen Muße, die er hatte, konnte er alle Goldstücke sowie die gewichtigsten Silberlinge aussondern und in seine Taschen stecken. Als es darüber vollends dunkel geworden war, kehrte er noch auf etliche Augenblicke in den Garten zurück und zettelte die Dieteriche über den breiten Weg hin, so daß man glauben mußte, der Schlosser sei verscheucht worden und habe auf der übereilten Flucht diese Wahrzeichen seines und eines andern, eines ehrlichen und unehrlichen Handwerks verloren.

Und nun weiß der freundliche Leser ohne den Erzähler, wie es weiter gegangen ist.

Nachdem der Koch seinen Waizen geschnitten und trotz dem listigsten Fuchs dafür gesorgt hatte, daß die Spürhunde die rechte Fährte nicht finden könnten, setzte er sich zu dem Pförtner in das Thorstüblein und plauderte mit ihm, so gut es mit einem halb tauben Manne geht. Mitten drin aber that er, als ob er etwas Unheimliches höre, und schrie dem Alten in's Ohr, er glaube, daß es droben im Gang nicht richtig sei. Dabei sprang er auf und hinaus. Der Alte folgte ihm mit der Laterne so schnell, als es ihm sein erschrocknes Herz und seine steifen Beine erlaubten, und nun fanden sie, wie sie es finden mußten, die Thüre des Cabinets offen, im Gange und auf der Treppe fast mit jedem Schritt eine Münze von Erz, eine Hinterthüre des Schlosses unverriegelt, auf dem breiten Weg den ganzen Garten entlang einen Sperrhaken nach dem andern und das Pförtlein in der Mauer weit auf.

Der Schlosser, der sich auf ein von dem Koch absichtlich gemachtes Geräusch zurückgezogen hatte, erschrak schon, daß ihm die Kniee zitterten, als er den Ring mit den Dietrichen nicht mehr fand. Schon der offenkundige Mißbrauch dieser Werkzeuge und der Spott, den er auf einer Seite zu gewärtigen hatte, und die üble Nachrede von der andern, die nicht ausbleiben konnte, drückten ihn fast zu Boden. Noch in derselben Nacht aber wurde er von dem Amtsknecht und einem Jäger des Freiherrn aus dem Bette geholt, und als er von diesen erfuhr, daß es sich noch um mehr handle, als um Spott und Nachrede, beschloß er im ersten Augenblick, lieber zu sterben, als die Tortur zu bestehen.

Denn er kannte die Marterwerkzeuge der Folterkammer. Die Daumenstöcke, die Beinschrauben, die Leitern mit und ohne gespickten Hasen, den Lüneburg'schen Stuhl und die Instrumente, die von Bamberg und Mecklenburg ihre Namen hatten, hatte er selbst verfertigt, und von dem Mannheimer Bock, von der Pommer'schen Mütze, dem Halskragen, dem spanischen Fußband, von dem Schwefelfaden und von der Folter mit Feuer überhaupt hatte ihm der Amtmann erst ein Jahr zuvor Dinge erzählt, die ihm durch Mark und Bein giengen.

Daher bekannte er schon im ersten Verhör, in das er den Tag darauf genommen wurde, er habe die Münzen gestohlen, und als er merkte, daß man ihn verfolge, in das Teufelsloch — eine fast unergründliche Felsenspalte — geworfen. Nachmittags war er schon zum Tod durch den Strang verurtheilt, und Abends saß er schon in dem Thurm, in welchem die Verurtheilten ihre letzte Nacht zubrachten.

Das Gemach, in welchem er saß, hatte auch ein festes Gitter vor dem Fenster und eine eiserne Thüre, vor der zwei Männer mit Hellebarden Wache standen; übrigens aber hatte es nichts von den Armensünderstuben der damaligen Zeit, nicht die kahlen Wände, nicht die Namen, die mit Kohlen angeschrieben wurden, nicht das rußige Cruci=

fir, finster und ohne Gnadenblick, nicht den Strohsack, noch eingelegen von dem gebrochenen Leib und der Verzweiflung, die zuletzt darauf lagen; nicht die Scheere, womit der Scharfrichter die beschor, deren Nacken dem Schwert oder dem Strange verfallen war. Das Gemach war bewohnt, und zwar von dem Vater der Wirthschafterin, der Kasten= messer gewesen war und es sich ausgebeten hatte, seine Tage in dem Thurme beschließen zu dürfen, selbst unter der Be= dingung, daß er die Gäste aufnehme, die ihre letzte Nacht= herberge auf Erden beziehen sollten. Auf der eisernen Ofen= platte waren daher die Spuren von den Aepfeln, welche zahnlose Kinder und Greise nur genießen können, wenn sie zweimal fertig geworden sind, das eine Mal am Zweig und das andere Mal über dem Feuer, wie manche Seelen zuerst an dem Baum des Lebens und dann in der Hitze der Trüb= sal. Außerdem war das Stüblein fast nur mit Dingen versehen, welche der Ruhe und Bequemlichkeit dienen. Hin= ter dem Ofen stand das Nachtlager des Alten mit Vor= hängen und das Deckbett lag aufgebläht dahinter, wie eine Henne über ihren Küchlein, ein Beweis, daß der Platz, den es einnahm, trocken war und geheitzt, nicht nur im Winter, sondern auch an kühlen Julitagen. Am Fenster gegen Abend stand ein Armstuhl mit weich gepolsterten Ohren, die das Haupt des Schläfers auffiengen, es mochte zur Rechten sinken oder auf die andere Seite. Die Strahlen der untergehenden Sonne aber wurden durch einen grünen Vorhang gemildert, der an einem Stänglein in messingenen

Ringen hieng und leicht vorgezogen werden konnte. Sein Bett behielt der Alte immer für sich, den Stuhl aber hatte er schon dreimal den armen Schächern überlassen, die bei ihm auf der letzten Station vor der Ewigkeit waren. Denn für dergleichen Leute, meinte er, wäre ein solcher Sitz weit besser, als ein Bett, in welchem es ihnen leicht zu heiß würde, oder ein Strohsack auf dem Boden, der den Ruhe- losen das ewige Niederlegen und Wiederaufstehen nur er- schwere. Zudem hatte der Stuhl ein Gegenüber, wie es für Menschen gehört, die nur mehr auf Begnadigung im Him- mel hoffen können, nachdem das Todesurtheil unterschrieben und der Stab schon geschnitten ist, der über sie gebrochen werden soll. Es war ein großes Oelbild mit den drei Ge- kreuzigten auf Golgatha, die rings mit schwarzen Wolken umgeben sind. Nur aus dem Munde des HErrn und des Uebelthäters zu seiner Rechten kommen Lichtstreifen, wie die unter einer Wolke hervor, hinter der die Sonne, wie die Wet- terpropheten sich ausdrücken, Wasser zieht; oder wie die, welche nach allen Seiten über die Wolken hinausreichte, nachdem sie den HErrn auf seinem Heimwege zum Vater aufgenom- men hatte. Auf dem einen Streifen aber steht geschrieben: „HErr, gedenke an mich, wenn Du in Dein Reich kommst!" und auf dem andern: „Heute wirst du mit mir im Para- diese sein." — Links vor dem Stuhl an der Wand war ein Bücherbrett angebracht, und auf diesem stand, was in jener Zeit zu einer geistlichen Hausapotheke gehörte, und oben an der Stein der Weisen, eine Bibel in Folio mit

Holzschnitten und einem so groben Druck, daß auch die Augen darin lesen konnten, die vom Alter oder von böser Kerkerluft trübe geworden waren, oder von dem Salzwasser aus dem Bußbrunnen, wie geschrieben steht: „Meine Ge= stalt ist verfallen, sie ist alt worden, ich bin müde vom Seufzen und netze mit Thränen mein Lager." Außerdem lagen da und dort Streifen von Gold= und Silberpapier zwischen den Blättern und überragten sie fingersbreit. So weit sie zu Tage giengen, waren sie blind, wie alte Fenster= scheiben, und besudelt von den Dienerinnen des Beelzebub oder Fliegenbaals; aber nach ihrem bedeckten Theil glänzten sie noch und wiesen die Wege, auf denen man dem zukünf= tigen Zorn entrinnen kann. Die Silberstreifen zeigten nach den Bußpsalmen, die Goldstreifen lenkten Auge und Herz zu dem Gichtbrüchigen und der großen Sünderin, zu den drei Gleichnissen in dem fünfzehnten Capitel des Lucas und auf das dreiundfünfzigste im Jesaja.

Der Alte ließ sich von seinem Gast in gar nichts stö= ren und that eigentlich manches von dem, was er alle Tage zu thun pflegte, nur zwiefach statt einfach. Der Schlosser, der ihm Abends gegen sechs Uhr auf die Stube gebracht wurde, entschuldigte sich und sagte: „Vetter Ebert, es thut mir leid, daß ich Euch Unruhe mache." Aber der Alte reichte ihm seine dürre Hand und gab einen Druck und einen Blick dazu, welche kräftiger und beruhigender sagten: „Du bist mir willkommen." Dann gieng er in seine Küche hinaus und bereitete eine doppelte Portion von der schwar=

zen Suppe, die er einen Tag wie den andern aß. Zu der Schüssel, in der er sie auf den Tisch brachte, legte er statt einen zwei Löffel und betete nicht wie sonst: „Komm, HErr Jesu, sei mein Gast," sondern: „Komm, HErr Jesu, und sei unser Gast.". Ehe es vollends dunkel wurde, las er den gewöhnlichen Abendsegen für den Montag. Meistens ließ er darauf einige Verse aus dem Lied „Wer weiß, wie nahe mir mein Ende" folgen, weil er schon zweimal vom Schlag gerührt worden war und jede Nacht für seine letzte hielt. Für heute aber wählte er Luthers Schwanengesang:

Mitten wir im Leben sind mit dem Tod umfangen:
Wen suchen wir, der Hilfe thu, daß wir Gnad erlangen?
Das bist Du, HErr, alleine.
Uns reuet unsre Missethat, die Dich, HErr, erzürnet hat.
Heiliger HErre Gott, heiliger starker Gott,
Heiliger barmherziger Heiland, Du ewiger Gott,
Laß uns nicht versinken in des bittern Todes Noth.
Kyrieleison!

Mitten in dem Tod ansicht uns der Höllen Rachen;
Wer will uns aus solcher Noth frei und ledig machen?
Das bist Du, HErr, alleine.
Es jammert Dein' Barmherzigkeit unsre Sünd und großes Leid.
Heiliger HErre Gott, heiliger starker Gott,
Heiliger barmherziger Heiland, Du ewiger Gott,
Laß uns nicht verzagen vor der tiefen Höllen Glut.
Kyrieleison!

Mitten in der Höllen Angst unser' Sünd' uns treiben;
Wo soll'n wir denn fliehen hin, da wir mögen bleiben?
Zu Dir, HErr Christ, alleine.

Vergoſſen iſt Dein theures Blut, das gnug für die Sünde thut.
Heiliger HErre Gott, heiliger ſtarker Gott,
Heiliger barmherziger Heiland, du ewiger Gott,
Laß uns nicht entfallen von des rechten Glaubens Troſt.
Kyrieleiſon!

Auf dieſes ex profundis oder zu deutſch: „Aus der Tiefe rufe ich, HErr, zu dir!" ließ der Alte noch ein Vater= unſer folgen, zu dem es unten im Marktflecken mit der Glocke auf der Martins=Kapelle läutete. Dann gieng er zu Bette, nachdem er noch für ſeinen Gaſt Licht und Feuerzeug aüf den Tiſch geſtellt und ihm guten Schlaf von Gott ge= wünſcht hatte.

Indeſſen war auch die Sonne ſammt dem Saum ihrer Schleppe, der Abenddämmerung, verſchwunden und der Mond wieder zu vollen Ehren gekommen. Nicht ein Nebel= ſtreifen, geſchweige denn eine Wolke hinderte ihn, ſein Licht in das Thal auszugießen und Schattenbilder mit ſcharfen Umriſſen zu zeichnen. Das von dem Gitter, vor dem Fen= ſter im Thurm, lag auf dem Boden des Gemachs, und es fehlten daran auch die Blätter und Blumen der Feuerbohne nicht, welche ſich um die überroſteten Eiſenſtangen wand, ihre Wurzeln aber in einer zerſprungenen Schüſſel mit Holzerde hatte.

Dabei war es in dem Stüblein ſo ſtille wie in einer Sakriſtei, wenn der Pfarrer auf die Kanzel gegangen iſt und der Küſter ſich in den vakanten Armſtuhl geſetzt hat. Selbſt die Uhr an der Wand gieng nicht. Der Alte hatte ſie ge=

stellt. Er glaubte aus der Ruhe, die sein Gast in allen
Mienen, Worten und Bewegungen an den Tag legte, ent=
nehmen zu können, daß er für den letzten Gang vorbereitet
sei, und wollte ihm das Memento mori, d. i. das „Bestelle
dein Haus" ersparen, das jeder Glockenschlag und einer
immer lauter als der andere den Verurtheilten in's Ohr
schreit.

Auch an dem Schlosser war der Wunsch des Alten in
Erfüllung gegangen. Er war bald eingeschlafen und schlief
den Schlaf des Gerechten, mit geschlossenem Munde und so
ruhig, wie die Bilder der Verstorbenen auf den Grabsteinen.
Doch wachte er schon um zwei Uhr wieder auf. In den
ersten Augenblicken nach dem Erwachen verwechselte er das
Mondlicht mit dem bereits angebrochenen Morgen und wollte
aufspringen und, wie er daheim gar oft gethan hatte, in die Bo=
denkammer hinauf gehen, um den Lehrjungen zu wecken.
Aber bald kam es ihm, daß er nicht zu einem Werktag, son=
dern zu seinem letzten Morgen auf Erden erwacht sei, und,
wie dann in den Frühstunden überhaupt der Kampf mit den
Sorgen und Aengsten dieses Lebens, die sich mit ganzer
Wucht auf das schwache Menschenherz werfen wollen, immer
schwerer ist, als in den anderen Tageszeiten, so fieng auch
Meister Andreas an zu zagen und mit Gott im Gebete zu
ringen, daß er ihm Kraft geben möge zu dem schmachvollen
Ende, das er nehmen sollte. Da öffnete sich die Stuben=
thüre und es kam die Tochter des Alten mit einem Topf in
der Hand und mit einem Körblein am Arm. In dem Topf

war kräftige Fleischbrühe mit dem Gelben vom Ei und in dem Korb das weiße Brod dazu. Damit wollte sie ihrem Vater die Mühe ersparen, seinem Gaste ein Frühstück zu bereiten, und diesen für seine letzten Stunden mehr erquicken und stärken, als es mit einer Wassersuppe hätte geschehen können. Der Schlosser gab auch ihrem guten Willen die Ehre, die ihm gebührte, und ließ sich einschenken. Aber er brachte es nicht weiter, als zu einer gerösteten Schnitte Brod und zu einer von den so kleinen Tassen, wie sie in jener Zeit gebraucht worden sind. Eine weit größere Erquickung war es für ihn, seiner Wohlthäterin zu sagen, daß er eigent= lich ihretwegen sterbe und wie es hergegangen sei. Nicht nur ruhig und gefaßt, nicht nur ergeben, sondern fröhlich wäre er in den Tod gegangen, hätte er nur eine und gerade diese Seele von seiner Unschuld überzeugen können. Aber es glückte ihm nicht. Die Wirthschafterin schüttelte ungläubig mit dem Kopf und sagte nun dreimal: „Ich wollt' es ja so gerne glauben, aber ich kann nicht und weiß doch nicht, warum."

Darüber wurde es unten am Thurm laut, und der Scharfrichter trat in das Gemach, um den Delinquenten abzuholen. Denn der Freiherr hatte, um dem Verurtheilten den schwersten Theil der Strafe abzukürzen, befohlen, daß er nicht erst Vormittags, sondern schon, sobald der Morgen graute, hinausgeführt werden sollte. Der Alte reichte sei= nem Gast die Hand aus dem Bette und sagte: „Gott sei mit Euch, Meister Wolf." Dann gieng es fort und auf den Platz, auf welchem der Stab gebrochen wurde, und

3 *

hinaus auf den Galgenberg. Die Erkerfelſen deſſelben, die an ſeinem ſchmalen Wendelwege ſtehen, waren ſchon mit Leuten beſetzt, beſonders der, welcher dem Hochgericht am nächſten iſt. Als der Amtmann auf einem ruhigen Klepper und zwei kleine Abtheilungen Schützen mit dem Verbrecher an dieſem angekommen waren und der vorausgeſchickte Knecht des Nachrichters droben die Leiter aufrichtete und an den Galgen lehnte, kam aus dem Steingeröll zur Linken eine aufgeſcheuchte Ringelnatter hervor und fuhr mitten unter die Neugierigen zur Rechten auf den Felſen. Dieſe drängten nach allen Seiten auseinander, auch nach hinten, und ſo ge= ſchah es denn, daß ein Mann über den Rand der Platte hinausgeſchoben und in die Tiefe geworfen wurde.

Es war der Koch, welcher an dem Schloſſer ſeine Luſt ſehen wollte, wie die Rotte der Böſen, von denen der Pro= phet weiſſagt. Er war vielleicht nur zwanzig Fuß tief ge= ſtürzt, aber ſchon der gellende Schrei, welchen er im Fallen ausſtieß, brachte die Proceſſion zum Stehen, und als er vollends, durch irgend eine innerliche Verletzung in Todes= angſt verſetzt, herauf rief: „Hängt den Schloſſer nicht, ich hab's gethan!“ eilte Alles hinunter zu ihm. Er hatte ge= rade noch Zeit, dem Amtmann zu ſagen, wo er die geſtohle= nen Münzen verſteckt hätte. Als man ihn aufrichten wollte, that er noch einen Schrei und verſchied. Ob er das Rück= grat gebrochen hat, weiß man nicht. Das Volk ließ dem Arzt keine Zeit zum Unterſuchen, ſondern ſchleifte den Leich= nam unter den Galgen hinauf und begrub ihn daſelbſt.

Meister Andreas aber wurde lebendig und im Triumph wieder heimgebracht, und die Wirthschafterin schüttelte nicht mehr mit dem Kopf, sondern verneigte ihn ein wenig, als sie dem Manne, der im Auftrag des Schlossers um ihre Hand anhielt, ein halblautes Ja mitgab. Ein Vierteljahr darauf gieng unser Held wieder in einer Procession, aber zur Kirche; und die Leute hinter ihm waren lauter Hochzeit= gäste, und die letzten drei waren die stattliche Johanna Ebert und ihre Brautjungfern. — Der Alte im Thurm war nicht dabei. Er lebte nicht mehr. Er war bald nach der Nacht gestorben, in der er seinen Thurm mit dem Schlosser getheilt hatte, in seinem Sinn stets ein armer Sünder, der zu sei= nem Stüblein paßte wie das Bild des Zöllners über einen Beichtstuhl.

Distlingen aber hat noch ein anderes Wahrzeichen als das jungfräuliche auf seinem Galgenberg. Auf dem nur halb so hohen Hügel gegenüber steht eine Kapelle mitten in Weingärten, die bis unter ihre Fenster hinaufgehen und nur einen Weg offen lassen, wie ihn vor Zeiten die Processionen brauchten, die am Martinitag aus dem Flecken und sei= ner Umgegend hinaufzogen, um dem Heiligen ihre Vereh= rung zu bezeigen, während die eingegrabenen Reben schon schliefen.

Die Kapelle zeichnet sich schon durch ihre Bauart aus, welche bis in das dreizehnte Jahrhundert zurückweist und noch lange davon reden wird, wie damals die Baukunst an der Weißach noch nicht einmal in der Wiege, sondern erst in der Krippe gelegen ist. Denn die Mauern sind im Ver= hältniß zu ihrer Höhe viel zu dick, und so leicht, schlank und gefällig schon vor fünfhundert Jahren die Zeichnungen auf den Vorlegeblättern der Natur waren, so steif, schwer= fällig und plump sind die Ranken, Stäbe und Distelblätter, womit der Baumeister an den Säulen und Bogen seinen guten Willen verewigte. Vor allen anderen Gotteshäusern zeichnet sich aber das unserige dadurch aus, daß über der Eingangspforte nicht das Bild des Patrons steht, sondern zwei beladene Kameele vorgestellt sind, die hinter einander hergehen. Und so kurz auch die Hälse und Füße der vorge= stellten Lastthiere sind, vermuthlich wegen des kleinen Steins, der dem Bildhauer zu Gebote stand, so müssen es doch Ka= meele sein, weil eine Sage für sie spricht, welche von keinem anderen Vieh redet, nicht von dem Esel, noch von dem Maulthier, sondern nur einzig und allein von dem Schiff der Wüste.

An dem dritten Kreuzzug nämlich betheiligten sich von ganz Distlingen nur zwei Seelen, Dietrich von Hornstein und sein Knecht Conrad Weißbeck. Der Freiherr zog mit, weil er nicht nur die Güter seines Vaters übernommen hatte, sondern auch das noch ungelöste Gelübde desselben, einen Ritt zur Befreiung des heiligen Grabes mitzumachen; und Conrad blieb nicht zurück, weil er es von Kind auf nicht anders wußte, als daß er und der Schatten seines Herrn zusammengehörten wie die Hinter- und Vorderfüße seines Gauls.

Der Kreuzritter hinterließ Alles im schönsten Stand. Seine Weinberge, die besten im Thal, standen in voller Blüthe und gaben ihren Geruch. Was sie in den zwei vorausgegangenen guten Jahren getragen hatten, lag auf den langen eichenen Lagern in den hohen und trockenen Kellern der Burg; und in einem besonderen Gewölbe duftete es von der Blume des Ausbruchs, als lagerte unter den weitgespannten Schwibbögen der Wein vom Libanon, mit dessen Duft und Ruhm der Prophet das Gedächtniß des bekehrten Israels vergleicht. Auf den Feldern des Freiherrn stand es von der aufgehenden Gerste an bis zu dem Roggen, der schon im Morgenwind wogte, dicht, wie unter der Hand des Tuchscheerers, je nachdem er die Wolle des Gewebs kurz halten oder lang lassen will. Wären aber auch sämmtliche Aecker brach gelegen, die Speicher im Schloß hätten es ohne den Zufluß einer Ernte mit der Abgabe für zwei Jahre aufgenommen. Die eichenen Tragbalken seufzten unter dem schweren Waizen, und wo der Kornwurm seine Haut über die Haufen gezogen hatte, darunter lag es unversehrt und nahrhaft, wie unter der doppelten Schale der Cocosnuß. Nicht weit von den Speichern stand ein gewölbter Stall mit dreimal sieben fetten Kühen; und wer die Wiesen an der Weißach kannte, die für sie gemäht wurden, der wunderte sich auch nicht mehr über die glatten Häute und die vollen Euter dieser Thiere. In den Stöcken über dem langen Stall

lagen Vorräthe von Stroh und Heu bis an das Dach hinauf, und schützten auch in den strengsten Wintern die Kälber
und ihre Mütter gegen die Kälte, die von den glitzernden
Sternen fällt. Das gewöhnliche Wahrzeichen der alten
Burgen, einen tiefen Brunnen, hatte das Schloß nicht und
brauchte ihn so wenig, als eine Cisterne. Denn wie in dem
Eichstädter Frauenkloster am Berg, so quillt es auch dort
aus einem Felsenriß; und das Wasser, das auf der anderen
Seite über eine Mauer von römischen Quadern stürzt,
konnte den jeweiligen Belagerern sagen, daß die drinnen
keineswegs in der Lage Davids wären, als der Philister
Besatzung in Bethlehem lag, und er in seiner Bergveste
lüstern ward nach gutem Wasser und sprach: „Wer will mir
zu trinken holen des Wassers aus dem Brunnen zu Bethlehem unter dem Thor?“

Der Hornstein war schon seit langer Zeit so fest, wie
das Mineral, von dem er seinen Namen hat. Der Freiherr
machte ihn vor seinem Zug in das heilige Land noch fester
durch Mauern, die er noch höher führen ließ, durch ein Fall-
gatter, das er anbrachte, und durch einen Steg, den er in
eine Zugbrücke verwandelte. Zehen Knechte, die schon in den
Feldzügen gegen Mailand mit Schwert, Spieß und Arm-
brust Ehre eingelegt hatten, machten die Besatzung aus;
und ihr Hauptmann war der Schloßkaplan, ihnen doppelt
respectabel durch seine priesterliche Würde und wegen der
außerordentlichen Kraft, womit er seine Streitart so in eine
Eiche schlagen konnte, daß sie niemand wieder herauszuziehen

vermochte, als er selbst. Mit dem ledernen Schild an sei=
nem linken Arm konnte er drei Männer zugleich zurückdrän=
gen oder, wenn sie sich nicht recht zusammen nahmen, über
den Haufen stoßen. Außerdem durfte man zu dieser Be=
satzung noch zwei Jäger von Profession rechnen sammt den
zwanzig Hunden von den drei kleinen, krummbeinigen Dachs=
findern an bis hinauf zu den sechs Saufängern, die mit ei=
nem Keiler leicht und, wenn es noth that, auch mit einem
Bären fertig wurden. Außerdem blieben der Burgfrau zur
Bedienung zwei Kammerfrauen mit einer Beschließerin und
drei Mägden, zur Berathung der alte eisgraue Burgvogt
und zur Reserve eine eiserne Kiste mit Thalern, das viele
ungeprägte Gold und Silber gar nicht gerechnet.

Nach diesen und noch vielen anderen Vorkehrungen,
welche der Freiherr zur Sicherstellung seines Weibes während
seiner Abwesenheit gemacht hatte, richtete sich auch der Ab=
schied, den er von ihr nahm. Sie besaß sein ganzes Herz
und die Trennung von ihr fiel ihm so schwer, wie dem
Sohne Lais, von welchem geschrieben steht: „Und ihr Mann
gieng mit ihr und weinte hinter ihr her bis gen Bachurim.“
Aber unter allen seinen Worten war auch nicht ein einzi=
ges „Bewahr dich Gott“ oder „Der Herr behüte dich.“
Seine letzte Rede war: „Sei getrost, ich habe für Alles ge=
sorgt.“

Nicht weiter von der Burg, als ihr Schatten reichte,
wenn die Sonne im Untergehen war, aber tief unter ihr in
der Schlucht, die Berg und Berg von einander scheidet,

stand eine Hütte. Der Erbauer und erste Bewohner dersel=
ben war bei den Sperlingen in die Lehre gegangen, welche
sich nicht blos in selbstgebauten, sondern auch in leergewor=
denen Nestern häuslich niederlassen und einrichten. Er hatte
eine vacante Einsiedelei in Besitz genommen und nach den
Bedürfnissen seiner Familie erweitert, was nicht viele Arbeit
und Kosten machte, weil der Fels, an welchen er anbaute,
eine Wand und eine trockene Höhle dazu gab. Der Eremit
aber, der hier seine Augen schloß, hatte diesen Platz unter
der Burg gewählt, als hätte er die Absicht gehabt, daß die
Brosamen, die droben von seines Herrn Tische fielen, gera=
den Weges durch seinen Rauchfang, einen Riß im Felsen,
auf seinen Herd fallen sollten. Denn der steile Pfad, der
aus der Schlucht in das Schloß hinauf führte, gieng über
dem Dach seiner Hütte hin, und das runde Brod, das ihm
einmal auf der Rückkehr von einem Besuch in der Schloß=
küche aus der Hand gefallen war, fand er in seiner Klause
wieder. Denn das voreilige Ding hatte es gemacht, wie die
Katze, welche nicht wartet, bis ihre Frau den Hausschlüssel
aus der Tasche geholt und damit aufgesperrt hat, sondern
durch das offene Fenster springt, um desto eher zu ihrem Tel=
ler unter dem Ofen zu kommen.

Auch damals noch, als der dritte Kreuzzug beginnen
sollte, schien Alles, was in der Hütte war, von der Burg
herab in dieselbe gesprungen, gerutscht und gerollt zu sein,
worüber man sich aber nicht wundern darf, da die Bewoh=
nerin schon manches Jahr im Schloß das Amt einer Aus=

läuferin und Bötin begleitet hatte. Der Tisch und die zwei Stühle litten an allen Gebrechen, an denen Stühle und Tische leiden können, und sahen doch noch so aus, als wollten sie jeden Augenblick die Nase rümpfen und sagen: „Auf und an uns sind schon andere Leute gesessen, als die, welche ihre Schuhe schmieren und an ihren Hauben leinene Bändel haben." Der Ofen war eine Musterkarte von Kacheln, und doch war keine unter ihnen, die nicht schon als Wärmeleiterin in einem Saal, oder in einer Halle, oder in einem Prunkzimmer gedient hätte und dabei Zeugin gewesen wäre von großen Tänzen, Banketten und Mummereien. In der Tischlade war nichts ganz, kein Löffel, kein Messer, keine Gabel; es sah darin aus wie in einem Invalidenhause, wo dem Einen ein Fuß und dem Andern ein Arm und dem Dritten wieder etwas Anderes fehlt; aber die Krüppel waren alle von hoher Herkunft und vor Zeiten gegen Pasteten, Hirschziemer und Schweinsköpfe zu Felde gelegen, der kräftigen Suppen und Sulzen gar nicht zu gedenken. Die etlichen Teller auf dem Schüsselbrett hatten alle Sprünge und sonstige Verletzungen; aber hätten sie die Wappen, womit sie geschmückt waren, nicht in ihren hohlen Seiten, sondern auf ihren Rücken gehabt, so wären sie mit den Schilden zu vergleichen gewesen, die über den Grüften derer, welche sie führten, aufgehängt wurden, um ihr Andenken zu ehren und zu erhalten. Selbst der heilige Martin, der Schirmherr der Hütte und der zwei frommen Seelen darin, hatte sich, von einem Nachfolger verdrängt, aus der Schloßkapelle unter das

Strohbach in der Schlucht begeben. Da campirte er in Er-
manglung einer Nische oder eines entsprechenden Postaments
auf dem Bettstatthimmel der Wittwe Weißbeck und lag
sammt seinem Gaul auf dem Bettler, mit dem er seinen
Mantel theilte.

Der Sohn der Wittwe aber, der Conrad, den die freundliche Leserin schon als den Begleiter des Freiherrn von
Hornstein auf dem Kreuzzug in das gelobte Land kennen gelernt hat, reaktivirte den quiescirten Heiligen wieder, wenn
wir uns dieser weltlichen Ausdrücke bedienen dürfen. Er
reinigte ihn von Allem, womit Staub und Fliegen nur den
Sonnenstrahl verschonen und unbelästigt lassen. Das Silber an seinem Mantel und das Gold an seinem Helm
machte er wieder so blank als möglich. Seinen abgeschosse-
nen Leibrock restaurirte er mit Herbfarbe. In das Schwert-
heft, dem die Klinge abhanden gekommen war, steckte er ein
zweischneidiges Spänlein, damit der Wirkung, nämlich dem
getheilten Mantel, auch die sichtbare Ursache nicht fehle.
Nur den Gaul ließ er auch ferner auf drei Füßen stehen, da
seine Kunst für den Ersatz von ganzen Gliedmaßen nicht aus-
reichte und weil der bis auf das Pflaster herabhängende
hölzerne Mantel des Ritters auch das Rößlein stützte. Zuletzt machte er aus vier abgekürzten Faßdauben eine Art
Kapelle, that sie auf das Brett über der Stubenthüre und
stellte den Heiligen darunter. Seiner Mutter aber machte er
es zur Pflicht, während seiner Abwesenheit keinen Martinitag vorübergehen zu lassen, ohne dem Heiligen zu Ehren

eine Kerze anzuzünden und eine Gans oder wenigstens ein
Huhn zu verzehren, weil es St. Martin gerne sähe, wenn
die Armen und die Mönche, welche das Gelübde der Ar=
muth abgelegt, wenigstens Einen guten Tag im Jahre
hätten.

Damit stellte Conrad seine Mutter unter den Schutz
des Heiligen oder zeigte ihr vielmehr, an wen sie sich zu
wenden hätte, wenn sie eine kräftige Fürsprache bei Gott be=
dürfe. Denn die Leute damals hatten keine deutsche Bibel,
in der sie hätten lesen können: „Christus hat ein unvergäng=
lich Priesterthum; daher er auch selig machen kann immer=
dar, die durch ihn zu Gott kommen, und lebet immerdar
und bittet für sie. So jemand sündiget, so haben wir einen
Fürsprecher bei dem Vater, Jesum Christum, welcher ist zur
Rechten Gottes und vertritt uns. Ihr habt nicht einen
knechtischen Geist empfangen, daß ihr euch abermal fürchten
müßtet, sondern ihr habt einen kindlichen Geist empfangen,
durch welchen wir rufen „Abba, lieber Vater!“ Dieser Geist
hilft unserer Schwachheit auf, und vertritt uns mit unaus=
sprechlichem Seufzen.“

Ueberhaupt lag es damals, was den Glauben anbelangt,
in der Christenheit noch so bunt durch= und neben= und un=
tereinander, wie in und auf dem Nähtisch einer Jungfrau,
die für ihr Herz durch die Sinne nicht Alles, aber doch tau=
sendmal mehr will, als durch die Buchstaben, die so dürr
und farblos sind wie unbenannte Zahlen. — Elfenbeinerne
Tafeln mit dem apostolischen Bekenntniß: „Ich glaube an

Gott den Vater allmächtigen Schöpfer Himmels und der
Erde" — farbenreiche Fensterscheiben mit dem Ave: „Ge=
grüßet seist du, Maria! Heilige Maria, Mutter Gottes,
bitt für uns arme Sünder jetzt und in der Stunde unseres
Absterbens" — Pergamentstreifen mit dem Kyrieeleison:
„O du Lamm Gottes, das der Welt Sünde trägt, erbarm
dich über uns!" — Blätter mit Feuerflammen und mit
einer armen Seele darin, die ihre Hände ausstreckt und
ringt nach den Fürbitten und Opfern der Ueberlebenden,
— die Armen von Lyon in ihren hölzernen Schuhen und
die gefürsteten Aebte in Fulda, — diese und noch hundert
andere Dinge waren in dem Musterbuch der Kirche, wie sie
damals war, nebeneinander zu schauen.

Kein Wunder daher, daß auch die Vorstellungen man=
cherlei Art waren, welche sich der Schildknappe Conrad von
dem Schutz machte, unter den er seine Mutter gestellt hatte.
Schon sein Bild von dem Heiligen war in seinen Augen
besonders gewürdigt, Gebete anzunehmen und weiter zu be=
fördern, nachdem es so und so lange auf einem geweihten
Altar und über heiligen Reliquien, nämlich einem Stück von
dem Mantel und Schwert St. Martins gestanden war,
und wer weiß wie viele Kniebeugungen empfangen und Bit=
ten angenommen hatte. Den Heiligen selbst hielt er für den
besten Schutzpatron, den er seiner Mutter geben könnte, von
wegen seines Herzens, das nicht blos für das Dareinschla=
gen mit dem Schwerte, wo es noth thut, gestimmt, sondern
auch für die rothen Hände und die blauen Lippen der Ent=

blößten so empfindlich sei. Dabei aber getröstete er sich der
Zuversicht, daß der liebe Gott auch selbst und ohne den Hei=
ligen seiner Mutter beispringen werde, wenn St. Martin
anderwärts beschäftigt oder der Stein für ihn zu schwer
wäre.

Nach diesen Vorstellungen des Schildknappen gestaltete
sich auch die Instruction, die er seiner Mutter ertheilte. Bis
auf weiteres sollte sie die heilige Priska gehen lassen und
sich nur an den heiligen Martin halten. Dazu wolle er ihr
etliche Groschen hinterlassen, damit sie ihm an seinem Tag
eine Kerze kaufen und anzünden könnte. Außerdem sollte
sie ihren Rosenkranz nicht schonen und ihren Schutzpatron
fleißig mit Ave=Maria und Vater=unser beehren. Wäre
aber das Wetter gut und trügen sie ihre alten Füße, so
möchte sie auch nach Bruck wallfahrten, wo das wunderthä=
tige Bild des Heiligen sei. An den vielen wächsernen Bro=
den und Mänteln, die dort um seinen Altar her hingen,
von solchen, die er gespeist und bekleidet hätte, könne man
sehen, was er zu thun vermöge. — Als er ihr aber zuletzt
die Hand drückte, sagte er nur „Behüt dich Gott!“ und als
er die Hausthüre in die Hand nahm, sagte er dasselbe, und
als er sich zwanzig Schritte davon noch einmal umwandte
und zurück sah, ebendasselbe. Denn das deutsche Blut,
nicht geschaffen für Umschweife, lenkt doch am Ende immer
wieder von dem krummen in den geraden Weg ein.

Die freundliche Leserin aber rümpfe selbst über den
Heiligen des Schildknappen ihr protestantisches Näslein nicht

öfter als einmal. Denn daß er, das Kind seiner Zeit, sich mit dem Crucifix, welches in der Ecke der Stube auf den Tisch herabschaute, nicht begnügte, daß er das geschnitzte Holz wieder aufputzte und in Gebrauch setzte; daß er für dasselbe die alten Hände und Kniee seiner Mutter in Bewegung brachte, daß ihm noch der letzte Blick auf das Bild von einem Freund und Vertrauten Gottes Beruhigung gewährte, daß er während des Kreuzzugs immer ruhig einschlief, wenn er sich einbildete, St. Martin halte nun vor der Thüre seiner Mutter, zu sehen, ob er in etwas helfen könne, — dies Alles war noch weit besser, als das Abschiedswort des Freiherrn: „Ich habe für Alles gesorgt." Damit legte der Sohn der Wittwe wenigstens ein demüthiges Bekenntniß von der menschlichen Hilfsbedürftigkeit ab, und sein letztes Wort „Behüt dich Gott" bewies doch, wer bei ihm noch im Hintergrund stehe, wenn auch etwas verstellt und fern gehalten durch die bunte Augenweide, welche seine Kirche für ihre Gläubigen ausgebreitet hatte.

In den ersten drei Jahren nach dem Abgang des Freiherrn blieb und gieng auf seiner Burg Alles gut; von den Karpfen und Forellen in den Fischgruben an bis hinauf zu den Tauben auf dem Dach, den Nachkommen derer, von welchen die Propheten schrieben: „Wer sind die, welche fliegen wie die Wolken und wie die Tauben zu ihren Fenstern? Wenn ihr in heimathlicher Ruhe und reich an Beute zwischen den Hürden liegen werdet, dann wird es glänzen als der Taube Flügel, die mit Silber überzogen ist und ihr

Gefieder mit grünlichem Golde.“ Es gieng aber Alles nach dem Willen des Freiherrn, welchen er schriftlich hinterlassen hatte und der sich bis auf die zehn Streiche erstreckte, welche den Küchen-, Stall- und Hundsjungen aufgemessen werden sollten, wenn sie im Dienst fahrlässig oder sonst muthwillig wären. Von diesem Willen aber hatten die Burgfrau, der Hausgeistliche und der Burgvogt je ein Exemplar in der Hand, und ihnen war er so heilig, als wäre er von der Hand geschrieben worden, welche in dem Saal des Königs Belsazar dem Leuchter gegenüber auf die Wand schrieb.

Um so mehr erhielt der erste Sohn, der dem Freiherrn fast neun Monate nach seiner Abreise geboren wurde, den Namen Albrecht. Denn das hatte er in einem Nachtrag zu seiner Hausordnung noch am letzten Tag vor seinem Abgang bestimmt. Für eine Tochter, die ihm geboren werden konnte, hatte er keinen Namen gewählt. Er wünschte für das nächste Blatt an seinem Stammbaum keinen von den vielen, die auf das weibliche A endigen. Denn wurde seiner Gemahlin ein Sohn gegeben und gelassen, dann konnte sie auch als Wittwe mit ihm in dem Besitz des Dominiums Hornstein und in dem Genuß aller seiner Herrlichkeit bleiben; wurde sie aber Wittwe ohne Sohn, dann mußte sie Alles, was sie mit ihrem Gemahl besessen und genossen hatte, mit dem Rücken ansehen und sich mit einem geringen Witthum, auch Leibgeding genannt, begnügen und war schlimmer daran, als die bürgerliche Frau, die auch ohne Mann und Sohn an ihrem Tisch und Fenster bleiben darf, so lange sie will.

Unsere Burgfrau lebte übrigens so eingezogen, wie eine von denen, welche Paulus in dem ersten Brief an seinen Timotheus rechte Wittwen heißt, weil sie in ihrer Einsamkeit ihre Hoffnung auf Gott setzen und vor allem im Gebet bei ihm suchen, was der Prediger auf dem Berg meinte, als er sagte: „Sorget nicht auf den andern Morgen, denn der morgende Tag wird für das Seine sorgen." Sie gieng und kam nirgends hin, als hinunter zu der Mutter des Schildknappen ihres Mannes, und waltete in der Schlucht mit den gütigsten Feen in die Wette, aber nicht mit dem Zauberstab, wie diese Töchter des Nebels und der Abend= röthe, sondern mit dem Glauben, der in Liebe thätig ist, und nicht schlagweise, wie diese Wesen, sondern wie der Frühling, der seine Hand langsam über Berg und Thal ausstreckt, aber auch nicht eher wieder zurückzieht, als bis er alle Spuren des abgezogenen Winters getilgt hat. Die Hütte, halb eine Hinterlassenschaft des Einsiedlers und halb ein Anbau, die mit einander nicht fester standen, als zwei Ehehälften nach ihrer goldenen Hochzeit, ließ sie niederreißen. An ihre Stelle kam ein Blockhaus von hundertjährigen Ei= chen, das so breit und fest da stand wie der Thürhüter des Papsts, und mit seinem Strohdach noch wärmer war als der Kobel des Eichhorns und das Quartier der Maus un= ter dem Erbsenbüschel. Es enthielt eine Stube, eine Kam= mer und eine Küche. In der Stube fand sich der Baum= läufer, der darin seinen freien Lauf hatte, fast wie daheim. Den Fußboden kannte er schon vom Wald her. Es war ein

Eſtrich von feſt getretenem Lehm, vermiſcht mit dem gelb=
weißen Sand, der jeden Sonnabend darüber hingeſtreut
wurde, wenn der Beſen ſeine Pflicht gethan hatte. Auch
die Eichenſtämme, woraus die vier Wände beſtanden, waren
alte Bekannte von ihm. Nur konnte er es ſich nicht zurecht=
legen, warum ſie lagen und nicht ſtanden, wie draußen im
Wald. Die Decke war nicht mit Brettern oder Gyps ver=
kleidet, wie die Zimmer droben im Schloß, ſondern mit
Fichtenrinde, und dieſe hatte ſich hie und da geworfen und
bildete recht eigentliche Schlupfwinkel, wie ſie die Baum=
läufer für ihre Neſter lieben. Die kleine Niſche, worin der
heilige Martin ſtand, war grün ausgemalt; auf dem Fen=
ſterſims gegenüber ſtand immergrünes Baſilikum und von
außen herein ſchaute der blätterreiche Zweig von einem
Wallnußbaum. Doch hätte der Vogel dieſe grünen Partieen
nicht vermißt, da er es auch in der Freiheit nur mit den
Stämmen und dickſten Aeſten der Bäume zu thun hat.
Uebrigens übte er eine Polizei, die auch einem Rottenmeiſter
Ehre gemacht hätte. Mit ſeinen hellen ſcharfen Augen, mit
ſeinem langen, dünnen und bogenförmig gekrümmten Schna=
bel und auf ſeinen unermüdlichen Kletterfüßen gieng er allen
Inſekten nach von der Schabe, der Nachtwandlerin, an bis
zu der Milbe, die es an Unſichtbarkeit faſt mit dem Son=
nenſtaub aufnimmt. Auch dem Floh halfen ſeine Bogen=
ſprünge nichts und ſeine Eier waren in der feinſten Ritze
nicht geborgen. Die Ameiſe vollends, die auf ihrer Ent=
deckungsreiſe in das Revier dieſes Jägers kam, büßte ihren

4 *

Vorwitz mit dem Tode und konnte den Ihrigen daheim nicht
ansagen, was in dem Cad und in den Töpfen der Wittwe
sei. Der Ohrwurm unter der losen Rinde drohte vergebens
mit seiner Zange, er verschwand sammt seinen Jungen in
dem Kropf des Nimmersatts, wie die Silberlinge in dem
großen Beutel des Judas.

Die Kammer, von der Stube nur durch eine ungehobelte
Thüre mit hölzerner Klinke geschieden, war so kühl und
trocken, wie der Bleikeller unter dem Dom in Bremen, aber
tausendmal freundlicher als dieses Grabgewölbe. Da standen keine Särge, sondern ein feierndes Bett an der einen
und eine Lade an der andern Wand. Von der Decke hingen
keine schwarze Fahnen, von einsiedlerischen Spinnen gewo-
ben und von dem Zugwind zersetzt; starke Haken, in die
Balken geschraubt, hielten zwei Bündel Garn, das den
Winter über durch die Finger der Wittwe gelaufen war.
An schwächeren Nägeln hiengen Büschel von heilsamen
Kräutern, wie von Wermuth zum Thee wider das Kopfweh,
das aus dem Magen kommt, von Flieder zum Schweißtrei-
ben wider die Gicht und von anderen Pflanzen, die in eine
Hausapotheke gehören. Kümmel und Fenchel zum Brod
und allerlei Sämereien für den Wurzgarten standen und
lagen in zugedeckten Töpfen und leinenen Säcklein auf einem
Rahmen. Auch der Tod hatte seinen Schild in der Kammer ausgehängt; aber fast in noch freundlicheren Bildern,
als die gesenkte Fackel, das flackernde Licht und der Phönix
in den Flammen. Kurz vor dem Abgang des Freiherrn in

das gelobte Land war eines seiner gemästeten Schweine über die Felsen herabgestürzt und todt vor der Hütte der Wittwe angekommen. Man hatte es ihr überlassen und nun hiengen in der Kammer von dem tollen Thier alle die Theile, die man durch Salz und Rauch in eßbare Mumien verwandeln und für fleischarme Zeiten aufheben kann.

Stall und Küche waren beisammen in der erweiterten Grotte, die nach vorn durch die Hinterwand der Hütte ge= schlossen wurde. Der Herd stand unter einer Kluft in Fel= sen, die nach oben unter einer alten Fichte mündete. Die hängenden Wedel des großen Baums deckten sie gegen Schnee und Regen, und wenn auf seiner Spitze die Weiß= drossel zu singen begann, konnte die Köchin am Feuer mer= ken, daß jetzt der Frühling nahe, wie denn geschrieben steht: „Sehet an den Feigenbaum und alle Bäume. Wenn sie jetzt ausschlagen, so sehet ihr's an ihnen und merket, daß jetzt der Sommer nahe ist." Auf der anderen Seite stan= den zwei Geisen und hatten es so gut, als es diese Ge= schwisterkinder der Gemse nur wünschen konnten. Die Höhle, das Herdfeuer und ihr weiches Lager von getrocknetem Heide= kraut und Moos erhielten auch im Winter die Temperatur, die sie in ihren leichten Kleidern liebten. In der Wand zwischen Kammer und Stall war ein Fenster und warf auf ihre Raufe das Licht, das so wählerische Leckermäuler wie sie zu ihren Mahlzeiten brauchten, und die doppelte Bestim= mung ihres Gemachs war ihnen nicht zuwider. Sie be= wiesen, daß ihr Geschlecht noch mehr als bei uns in den

Ländern daheim ist, wo man das gemüthliche Beisammen=
sein von Wohnstube und Küche kennt und schätzt. Auch die
angeborene Neugierde ihres Geschlechts — nicht des weib=
lichen, wie es sich von selbst versteht, sondern des Ziegenge=
schlechts — war vollauf beschäftigt. Wenn sich ihre alte
Frau beim Feuermachen fast die Finger wegschlug, bis es
dem Stahl gefiel einen Funken abzugeben und dem Zunder
ihn aufzunehmen, oder wenn es beim Anschüren aus dem
feuchten Reisig und Laub weißgrau emporwirbelte, wie aus
dem Brennofen des Töpfers, oder wenn das übergelaufene
Wasser im Feuer ein Zetergeschrei erhub, wie ein Kind,
wenn es in Brennesseln fällt, oder wenn ein Ast im Fich=
tenholz sprang und die glühenden Kohlen weit über den
Herd hinaus warf, streckten sie ihre Hälse und ihre Augen
leuchteten vor Vergnügen. Noch glückseliger waren sie,
wenn sich ihre Frau mit dem Gemüse und dem Messer in
ihre Nähe setzte und einer jeden ihren Antheil an dem Ab=
fall von den Rüben oder Krautköpfen schnitzweise zuwarf.
Die Verweise wegen Ungeduld und die Ermahnungen zur
Geduld nahmen sie recht gerne mit in den Kauf, weit ge=
müthlicher, als die verschiedenen Expectanten unter den
Menschenkindern mit einem Verlobungsring am Finger oder
mit einem leeren Beutel in der Tasche.

Die Burgfrau war aber nicht gewohnt etwas nur halb
zu thun und auf halbem Wege stehen zu bleiben, wie der
König Jehu, von dem geschrieben steht: „Er war willig zu
thun, was dem HErrn wohlgefiel; doch ließ er nicht von

den Sünden Jerobeams, von den goldenen Kälbern von
Bethel und zu Dan, bis daß er starb." Als eine Vorläuferin
der heiligen Elisabeth, und Tochter des Gottes, von dem das
Sprichwort geht: „Gibt er den Hasen, so gibt er auch den
Rasen," ließ sie nicht weit von der Hütte den Waldgrund, in
eine Wiese umwandeln, die, fast einen Morgen groß und mit
dem Abwasser von der Burg bewässert, eine dreifache Ernte
und so viel Futter gab, daß man damit eine Kuh halten und
ein Rind mästen konnte. Und nimmt man dazu die breiten
Apfelbäume, die schon die alte Hütte umgeben hatten und nun
auch die neue in ihren Schatten nahmen, so wie die Weißdorn=
hecke, die den erweiterten Krautgarten gegen die Geisen und
andere uneingeladene Gäste schützte, so hätte man nichts da=
gegen sagen können, hätte die Wittwe ein altes Wort umge=
dreht und gesagt: „Heißt mich doch nicht mehr Mara, die
Betrübte, sondern heißt mich Naemi, die Erfreute; denn der
Allmächtige hat mich sehr begnadigt. Gelobt sei der HErr,
der die Einöd erfüllt!"

Als aber das vierte Jahr nach dem Abgang des Frei=
herrn angebrochen war, zeigte es sich, daß er nicht für Alles
gesorgt hatte. Da schloßen die vier Elemente einen Bund
wider sein stolzes und vermessenes Wort und verschwuren
sich, ihn vor aller Welt Lügen zu strafen. Wo aber eines
oder zwei fehlten, da machten es die andern desto ärger. Am
Aschermittwoch gieng, als der Tag graute, die Küchenmagd
mit dem brennenden Span in ihre Kammer; und die glü=
hende Kohle, die hinter ihr auf ein Häuflein schmutziger

Wäsche fiel, fraß sich hinein, wie ein Tropfen Siegellack in die Talgkerze. Doch wäre es auf dem Estrich und in dem windstillen Gemach nur bei dem Glimmen und Rauchen geblieben; aber einer von den Stürmen, wie sie sich um die Tag= und Nachtgleiche zu erheben pflegen, stieß das Fenster auf und blies darein, und es geschah, wie Jakobus schreibt: „Siehe, ein kleines Feuer, welch einen Wald zündet es an!" Zu dem Dachstuhl des mächtigen Schlosses und zu dem Gebälke zwischen seinen drei Stockwerken war ein ganzer Wald geschlagen worden, und dieser Wald war, ehe es Abend wurde, niedergebrannt. Von dem Gebäude standen nur mehr die vier Mauern aus Quadersteinen, und das Licht des aufgehenden Vollmonds hatte freien Durchzug zu dem vorderen Fenster hinein und durch das hintere wieder hinaus. Auch das Wasser, womit man löschen wollte, verband sich mit dem Feuer. Es wirkte nur wie das, welches der Schmid mit seinem Strohwisch faßt und auf die durstigen Kohlen sprengt, daß sie Brennluft daraus machen. Das Getreide, das aus den Speichern unter dem Dach in schweren Güssen bis auf die untersten Gewölbe hinunter gefallen war, glühte am längsten fort und versperrte mit dem Schutt der eingestürzten Rauchfänge und Kamine den Weg in die Weinkeller. — Nicht so viel Lärm als das Feuer machte die Luft. Mit einem Hauch von der Pestilenz, die im Finstern schleicht und von der Seuche, die am Mittag verderbet, drang sie durch das Schlüsselloch in den Stall, wo die dreimal sieben Kühe standen, und ehe drei Tage ver=

giengen, sah es in dem langen Stall durchhin aus, wie in einem Wintergarten, in welchen durch zerrissene Strohdecken und eingeschlagene Fensterscheiben die Kälte einer sternhellen Dezembernacht gefallen ist. Alles ließ den Kopf hängen und schaute aus matten Augen, und wenn man die kranken Thiere über den Schloßhof zur Tränke trieb, gab es ein Bild zu dem Wort in den Klagliedern: „Es ist von der Tochter Zion aller Schmuck dahin; ihre Fürsten sind wie die Widder, die keine Waide finden und matt vor dem Treiber hergehen." Der Wasenmeister, der am Saum des Waldes unter den Eichen in Abgeschiedenheit wohnte, führte ein Stück nach dem andern fort. Die Allgäuerin aber, welche für den kleinen Freiherrn die Milch geliefert hatte, so lang er noch unter einem Jahr war, gab die Schloßfrau nicht in seine Hand, sondern befahl sie in die Schlucht hinunter zu führen und daselbst einzuscharren, wenn sie es überstanden hätte. Aber die Wittwe ließ das arme Thier nicht im Nachschau liegen, sondern stellte es in ihren Stall. Und siehe da, die Kuh starb nicht, sondern genas. Ihre eingefallenen Weichen wölbten sich wieder, und bald standen in der Kammer des barmherzigen Weibes so viele Milchtöpfe, wie in der Hütte Jael, als sie herausgieng Sisera entgegen und zu ihm sprach: „Weiche, mein Herr, weiche zu mir und fürchte dich nicht." Die Burgfrau aber forderte die Kuh nicht wieder zurück und dem Thier wurde es in der Höhle so wohl, wie den zwei Zicklein, wenn sie ihren Müttern zu beiderseitigem Zeitvertreib etwas vortanzten oder die Katze

anmeckerten, die auf dem Herd saß und sich nach eingenom=
menem Frühstück die Milchtropfen aus dem Bart wischte.

Nach diesem Allem, — es war im Heumonat, — zo=
gen die drei Elemente, Feuer, Luft und Wasser, in einem
schweren Gewitter von Abend herauf, und das vierte, die
Erde, hielt sich bereit mitzuthun. Und es erhub sich ein
großes Ungestüm, wie das, von welchem geschrieben steht:
„Also reckte Mose seinen Stab gen Himmel, und der HErr
ließ donnern und hageln, daß Hagel und Feuer untereinan=
der fuhren, so grausam, daß deßgleichen in ganz Egyp=
tenland nie gewesen war. Und der Hagel schlug in
Egyptenland Alles, was auf dem Felde war, beide Menschen
und Vieh, und schlug alles Kraut auf dem Felde und zer=
brach alle Bäume auf dem Felde.“ Was aber damals
der Nilstrom nicht gethan hat, das that die Weißach. Sie
lief über, wie ein Kessel mit siedender Milch, zerriß Aecker
und Wege und ließ den Sand und die Steine, die sie in
ihre Wirbel gewickelt hatte, in langen und breiten Haufen
auf den Wiesen liegen und die fruchtbare Erde da, wo sie
noch einige Tage schadenfroh stehen blieb, ehe sie sich wieder
ganz in ihr tiefes Bett legte. Die Leute aber, denen es die
Reben entlaubt, das Getreide verhagelt und das Heu weg=
geführt oder verschüttet hatte, kamen nach dem Gewitter aus
ihren Hütten, wie die Ameisen aus ihren durchweichten Hau=
fen, betäubt, rathlos und mit dem Blei des Schreckens in
allen ihren Gliedmaßen. — In das Ajalon der Wittwe
fiel aber nicht ein einziges Hagelkorn. Der Bergrücken

über ihrer Hütte war eine Wetterscheide und weist noch immer die niederen Wolken ab, welche von Osten kom=
men. —

Also war auf dem Hornstein kein Herrenhaus, kein Speicher mit Getreide, kein Stall mit Vieh mehr, und die Mäuse in der Scheune warteten vergebens auf die Ernte, als sie das letzte Korn im Stroh und in den Ritzen des Fachwerks aufgezehrt hatten. Was aber die Elemente nicht ausrichten konnten, das übernahm der Feind, den die freund= liche Leserin als einen schlimmen Säemann schon kennen lernte, als sie noch in einer von den niedersten Subsellien saß und das Gleichniß vom Unkraut im Waizen für sie noch eine Neuigkeit war. Dieser Feind schickte einen Stelzfuß auf das Schloß und ließ der Besatzung darin sagen, daß sie sich das Maul wischen müsse, indeß in Welschland die Beute umher liege, wie das abgefallene Obst, in welchem sich der Igel wälze, um es an seine Stacheln zu spießen und in den hohlen Baum zu tragen, worauf alle ausrissen, bis auf den Schloßkaplan, welcher die Ausreißer verwünschte und drohte, wenn er sie erwische, wolle er ihnen thun, wie David den Kindern Ammon, die er unter Sägen legte und in Ziegel= öfen verbrannte. Aber er und der alte Burgvogt wurden fast krank vor Aerger und Kummer und lagen griesgrämig auf der Streu.

Desto leichter wurde es dem Bruder des abwesenden Freiherrn mit etlichen seines Gelichters in die Burg zu fallen, seine Schwägerin mit ihrem Knäblein daraus zu

vertreiben und zu sagen, sein Bruder sei bei Jconium ge=
fallen, und der Nachtrag zu seinem letzten Willen, die Ge=
burt eines Sohnes betreffend, wäre ein Falsum des Burg=
pfaffen und nur ein Sündenbeckel. Als er aber das Schloß
einnahm, stoben seine Jnsassen nach allen Seiten ausein=
ander, wie eine Kette Rebhühner, wenn der Stoßvogel
über sie kommt. Der Kaplan gieng zu den Franziskanern
in Bruck, die Kammerfrauen flohen in ein anderes Kloster,
die Mägde zerstreuten sich eine jede in ihre Heimat, und die
Mutter entwich, mit ihrem Knäblein auf dem Arm, hin=
unter zu der Wittwe in's Thal. Dort hätte sie ihres
Mannes Bruder sammt dem Kinde so leicht umbringen
können, wie man eine Fliege am Fenster erdrückt, und sein
Gewissen stand ihm nicht im Weg, sondern war noch weiter
als ein Hopfensack, auch konnte man in jener Zeit gar viel
ungestraft thun; aber in seinem Leichtsinn that er auf seinem
Sündenweg selten einen ganzen Schritt, sondern war viel=
mehr, wo es zu genießen gab, wie der Bär, von dem ein
sehr glaubwürdiger und wahrheitsliebender Mann erzählt,
er habe sich die mit Honig bestrichene Deichsel an einem
Ochsenwagen durch den ganzen Leib geleckt, worauf der Jä=
ger den Nagel vorgesteckt hätte, so daß das genußsüchtige
Thier nicht mehr zurück konnte, sondern sich gefangen geben
mußte.

Die vertriebene Burgfrau aber glaubte selbst, daß sie
der HErr ihres Mannes beraubt hätte und wünschte nur
noch zu erfahren, wo und wie er gestorben sei. Es war ihr

daher sehr lieb, als sie vernahm, es wären zwei morgen=
ländische Wahrsager in das Thal gekommen und wüßten
Dinge, die kein Mensch bei ihnen suche. Aber sie hatte
kein Geld und konnte daher nicht zu ihnen gehen und noch
weniger sie einladen extra zu ihr zu kommen, da sie dem
Vernehmen nach gar vornehm thaten und nur in Klöstern
und Herrenhäusern um großen Lohn und gute Bewirthung
von ihrer Kunst Gebrauch machten. Sie setzte sich deßwe=
gen, so oft sie konnte, mit ihrer Spindel vor die Hütte oder
mit ihrem Knäblein weiter hinunter an den Weg in die Burg
und dachte, sie würden doch bis da herauf kommen und, wenn
sie darum bitte, vielleicht nicht vorüberziehen, ohne ihr etliche
Worte zu gönnen, besonders da sie die schönste Frau in der
ganzen Umgegend wäre, wie sie sich selbst sagte, aber nur in
diesem einzigen Fall, weil sie einen Theil ihrer Hoffnung dar=
auf gründete.

———

Die zwei Weisen aus Morgenland kamen auch eines
Abends das Thal herauf und senkten nicht in den Fahrweg
ein, der in das Schloß führte, sondern hielten auf die Hütte
zu. Aber sie ritten auf hohen und stolzen Kameelen, ihre
Unterkleider waren vom feinsten Zeug und weiß wie Schnee,
ihre Kaftane oder Ueberwürfe starrten von goldenen Sticke=
reien, ihre Turbane hatten Reiherbüsche mit einem großen
Rubin, hinter welchen sie stackten, und die krummen Säbel

in ihren Gürteln waren mit Edelsteinen bedeckt; so daß sie Fürsten mehr glichen, als Männern, die in den Sternen lesen und den Leuten zu Diensten stehen, die einen blauen Dunst lieber haben als ihr gutes Geld. Dazu kamen noch die langen Bärte, die ihnen über die Brust herabhiengen. Sie schienen Ansätze von überströmender Weisheit zu sein, wie die Nester von wirrem Gezweig, die hin und wieder an den Buchen und Birken vorkommen und Geburten der Vollsaftigkeit sind. Und dieß Alles machte die Burgfrau auf der Bank vor der Hütte so verdutzt, daß sie es zu nichts bringen konnte als zum Aufstehen und zu einer Verneigung, wobei sie die Arme über der Brust kreuzte und mit der spitzigen Spindel, die sie in der Hand hatte, eins von ihren Augen in Gefahr versetzte.

Aber die zwei Weisen brachten sich sogleich selbst um einen Theil des außerordentlichen Respects, den sie auf ihrem Weg durch das Thal herauf genossen hatten. Sie stiegen von ihren hohen Gäulen, und als sie auch ihre Bärte und Turbane abgelegt hatten, blieben nur der Freiherr und sein Knappe über, die nach vielen Abenteuern mit großer Beute an Geld und Edelsteinen aus dem Kreuzzug zurückgekommen waren und von den vier langen und zwei kurzen Armen in der Hütte umhalst und fast erstickt wurden.

Als sie sich wieder losgewunden hatten, wie Lazarus von der Gruft aus den Armen seiner Schwestern, erzählten sie, daß sie während ihrer Abwesenheit von daheim gar nichts gehört und sich deßhalb vermummt hätten, um unerkannt zu

sehen, wie die Sachen stünden. · · Vorgestern hätten sie ver=
nommen, daß die in der Burg beim Nachgraben die Wein=
keller unversehrt gefunden hätten und nun jeden Abend toll
und voll wären. Sie wollten daher noch in dieser Nacht
hinauf und ihnen thun, wie die Meder und Perser dem Bel=
sazar und seinen Gewaltigen, als sie trunken waren. Der
Kaplan, mit dem sie es ausgemacht hätten, läge mit etlichen
Klosterknechten im Hinterhalt und warte auf das Zeichen,
das sie ihm geben würden.

Sie hatten auch leichte Arbeit. Die in der Burg waren
wie Fliegen, wenn sie von dem Aufgesetzten getrunken haben,
und wurden alle erschlagen und ohne große Mühe, wie die
jungen Mäuse, welche die Wirthschafterin unter dem Woll=
sack findet und sammt ihrer Mutter mit dem breiten Besen
bearbeitet, bis sie aufhören zu pfeifen. Die Erschlagenen ließ
man liegen, füllte etliche Krüge mit dem Ausbruch im Keller
und kehrte in die Hütte zurück, wo die Frauen den Tisch
mit geräuchertem Fleisch und Klößen beladen hatten und nun
wieder die große Freude genossen, das Gekochte, und Auf=
getragene nicht selbst essen zu müssen. Den Morgen darauf
kam der Mann, der am Saum des Waldes unter den Ei=
chen wohnte, und schaffte die Leichname auf seinem Karren
in die Grube, die er und seine Söhne für sie gegraben
hatten.

Die Frau des Freiherrn aber bezog die Burg nicht so=
gleich wieder, sondern blieb recht gerne bei der Wittwe, bis
das niedergebrannte Herrenhaus wieder aus Schutt und

Aſche erſtanden war, was ſie um ſo leichter konnte, als die Hütte ſogleich einen Anbau erhielt.

Aus der Hütte wurde theils durch die Schenkungen des Freiherrn und theils durch den Segen, der auf Conrads und der Wittwe Nachkommen ruhte, ein bedeutendes Hofgut.

Die Kameele bekamen das Gnadenbrod. Verewigt aber wurden ſie damit, daß der Freiherr und ſeine Gemahlin die Thiere in Stein bilden und über der Thüre der Kapelle anbringen ließen, die ſie in Dankbarkeit für Gottes gnädige Erhaltung auf der Höhe ihres Weinbergs erbauten.

Der heilige Martin wurde in feierlicher Proceſſion aus der Hütte in die Kapelle gebracht und auf den neuen Altar dieſes Bethels geſtellt. Durch die Reformation und die mancherlei Veränderungen, die ihr im Lauf der Zeit folgten, gelangte er zuletzt in die Amtswohnung des Diſtlinger Kirchenbieners, wo er noch auf dem Schrank mit den heiligen Paramenten ſteht und ſeine Verehrer hat, nämlich die Zwillinge des Kirchners, die oft, die Hände auf dem Rücken, zu ihm hinaufſehen, wie Kinder zu dem rothen Apfel, der in der Obſternte überſehen wird und hoch oben an ſeinem Zweige hängen bleibt, bis der Oktober ſeine Hand nach ihm ausſtreckt. Nur an den Chriſtabenden ſteigt er herab auf den Tiſch, auf welchem beſchert wird. Die rothen und grünen Wachstropfen auf ſeinem Mantel ſind von dem Baum gefallen, unter dem er ſchon etliche Male angehalten hat, um ſich wenigſtens mit den Fröhlichen zu freuen, da er nicht mehr mit den Armen theilen kann, wie unter dem Thor von Amiens, worauf ihm Christus, der Herr, mit der Hälfte seines Mantels bedeckt, erschienen ist.

———

Doch es ist hohe Zeit, daß wir an das Titelblatt dieses unseres Büchleins denken und uns an etliche Randzeichnungen aus dem Leben des Pfarrers Siebentisch in Distlingen machen. Dieser Diener der Kirche ist der Sohn einer armen Frau, welche die Schule gar nicht besucht und aus dem Religions-Unterricht im Pfarrhause nur zwei Zehrpfennige, das Vaterunser und das apostolische Glaubensbekenntniß, mitbekommen hatte, weil ihr Gedächtniß nicht mehr aufnehmen und behalten konnte und ihr Kopf für Begreifen und Begriffe eben so fest verschlossen war, wie das chinesische Reich für Neuerungen aller Art. Der Text „Ich habe die Hoffnung zu Gott, daß zukünftig sei eine Auferstehung der Todten, beides der Gerechten und Ungerechten, und darum übe ich mich zu haben ein unverletztes Gewissen allenthalben, beides gegen Gott und Menschen" war für sie schon eine unverdauliche Speise. Als in ihrer Kirche über diesen Spruch aus der Apostelgeschichte eine Gedächtnißpredigt gehalten wurde und sich darin, wie es nicht anders sein konnte, die Ausdrücke gewissenhaft, Gewissensbiß, Gewissensruhe, sich ein Gewissen machen, auf sein Gewissen nehmen u. s. w. fast die Schuhe austraten, blieb in ihrem Kopf nichts, als das Wort Gewissen, wie ein Sieb den Waizen durchläßt und nur die einzige Erbse behält, die unter dem Waizen war.

Sie wußte aber nicht, was sie aus diesem Ding, von dem sie noch niemals etwas gehört hatte, machen sollte, und fieng schon auf dem Kirchweg an sich darnach zu erkundigen.

Zuerst fragte sie ihre Nachbarin, die Frau des Einöden-Webers. Diese ihre Freundin aber, so jung sie auch noch war, hatte ein hartes Gehör, und weil sie glaubte, es sei vom Ausweißen die Rede, antwortete sie nicht ohne starke Beeinträchtigung der regelmäßigen Zeitwörter, bei ihr sehe es, obgleich der Herbst schon vor der Thüre sei, noch schwarz aus, wie in einer Küche, die seit dem Türkenkrieg nicht mehr gewießen worden wäre. Sie aber sei nicht schuld daran, sondern ihr Weber, der nur deßwegen in den Himmel kommen wolle, weil dort nicht ausgewießen werde und jeder ehrliche Mann unvertrieben bleiben könne. Wenn sie nur alle Schaltjahre einmal vom Ausweißen rede, fahre er in seinem Stuhl auf wie eine Rakete.

Darauf befragte sich die gute Frau bei dem Schneider-meister Rührig, der seine Kuh an dem Brunnen tränkte, während sie ihre zwei Eimer voll laufen ließ. Und dieser antwortete unwillig: „Laßt mich mit dem Ding ungeschoren. Ich will doch sehen, was der Gelbschnabel, der Vicarius, noch Neues aufbringen wird. Das fehlt mir noch, ein Ding, das mir auf die Scheere schaut, wenn ich zuschneide, und auf die Feder, wenn ich einen Zettel schreibe, und in den Krug, wenn ich trinke, und auf den Mund, wenn ich ihn aufthue. Nein, das ist nur für einen Menschen, wie der Vicarius, welcher meint, es sei noch die Zeit des alten Tobias, der über ein Zicklein einen Lärm aufschlug, als wäre es das Leibroß des Königs Sanherib gewesen."

Hierauf erkundigte sich die heilsbegierige Frau bei dem Webermeister Jonathan Zimmerer. Er, meinte sie, könne die beste Auskunft geben. Denn er war damals Stunden-halter in Distlingen und ein so auserwähltes Rüstzeug, daß er den Leuten, die an den Sonntagabenden und sonst auch auf einer Stube zusammenkamen, Vorträge hielt, nachdem er zuvor die Predigten des Pfarrers in seiner Wage gewo-gen und zu leicht gefunden hatte; wie denn auch das Garn, welches ihm die Weiber des Orts brachten, in seiner Wage selten so ziehen wollte, wie es in der ihrigen daheim gezogen hatte. Aber leichter hätte sie bei dem ersten Metzger des Marktfleckens nach Pferdefleisch, als bei dem Stundenhalter nach dem Gewissen gefragt. Denn er zeigte sich beleidigt und antwortete, das sei ein böses Zeichen, wenn man noch nach dem Gewissen frage. Ob sie denn nicht wisse, daß geschrie-ben steht „denn Christus ist des Gesetzes Ende, wer an den glaubt, der ist gerecht" und wiederum „Selig ist, wer ihm selbst kein Gewissen macht" und abermal „So lasset nun niemand euch Gewissen machen?" Wenn man seine Kleider gewaschen und helle gemacht habe im Blute des Lammes, brauche man den Zuchtmeister nicht mehr, welchen die, die noch draußen stehen, das Gewissen heißen, wie denn auch Paulus schreibe: „Ehe denn aber der Glaube kam, wurden wir unter dem Gesetz verwahret und verschlossen auf den

5*

Glauben, der da sollte geoffenbaret werden. Nun aber der Glaube gekommen ist, sind wir nicht mehr unter dem Zucht= meister. "

Sodann kam die gute Frau mit ihrer Herzensangelegen= heit an den Kapitalisten Nehfuß, der auf ihrem Viertelhaus hundert Gulden stehen hatte und dem sie den Jahreszins davon entrichtete. Weil er aber immer in gute Laune ver= setzt wurde, wenn ihm fällige Interessen ohne Mahnung eingiengen und leicht wie reife Pflaumen in die Hände fielen, so antwortete er seiner Schuldnerin auf ihr Befragen sehr freundlich, es thue ihm leid, daß er damit nicht dienen könne. Gewissenssachen habe er von jeher seiner Frau überlassen und sich dabei recht wohl befunden. Ein einziges Mal hätte er etwas anders wissen und haben wollen als sie, und da aber sei ein solcher Rauch aufgegangen, daß er es für immer hätte bleiben lassen. Auch sei es, setzte er mit einem milden Lächeln hinzu, so viel als gewiß, daß sich wenige Frauen weigern würden, mit ihrem Gewissen auch das ihres Mannes in die Hand zu nehmen.

Nachdem aber unsere Frau die Richtigkeit des Sprich= worts „Wer lang fragt, geht lang irre" verkostet hatte, begab sie sich endlich zu dem rechten Schmied und fragte ihn, was es mit dem Gewissen sei, das er am Sonntag so gründ= lich durchgenommen hätte, als eine fleißige Hausehre ihren Teig knetet. Aber der geistliche Herr antwortete ihr nicht sogleich, sondern sprach bei sich selbst: „Sage ich dem Weibe: „Das Gewissen ist eine Neigung, sich bei seinen

Gedanken, Worten und Werken durch den Gedanken an die
Gottheit leiten zu lassen," oder sage ich: „Das Gewissen
ist die innere Offenbarung von dem heiligen Willen Gottes," oder sage ich vollends: „Das Gewissen ist das Ver-
mögen des Menschen über das Verhältniß seiner Handlungen
und seines sittlichen Zustandes zu dem Sittengesetz zu ur-
theilen, welches der religiöse Mensch als Gottes Gesetz betrachtet," oder bleibe ich schon auf halbem Wege stehen und
sage ihr nur: „Es ist das den Menschen begleitende Be-
wußtsein erfüllter oder verletzter Pflicht," so versteht sie mich
doch nicht." Darum antwortete er, nachdem er zwei- oder
dreimal in seine Feder gebissen hatte: „Geh nur hin, Aenni,
Gott der HErr wird es dir selbst sagen, und besser denn
ich." Denn er dutzte alle seine gewesenen Schülerinnen, auch
wenn sie schon ein halbes Jahr verheirathet waren, wie unsere Frau, die nach dem Gewissen fragte. Mit ihr zugleich
war aber noch eine zweite Anne im Unterricht gewesen, und
darum hatte er sie immer Aenni geheißen und die andere so
wie sie im Kalender stand.

Die Aenni, die, was wir bisher unerwähnt gelassen haben, den Rechenmacher Siebentisch zum Mann hatte, hatte
in der Nacht darauf einen Traum.

Auf der Bank vor ihrem Hause saß ein Engel mit blon-
dem und ein sechsjähriger Knabe mit hellbraunem Haar.
Der Engel bewegte seine Lippen, der Knabe hörte mit blitzenden Augen zu, und Aenni hätte gar gerne vernommen, was
der Eine sprach und wovon dem Andern das ganze Gesicht

glänzte, als schiene die untergehende Sonne darein. Deß= wegen gieng sie eilends auf den Dachboden, steckte ihren Kopf durch die kleine Oeffnung unter dem Giebel und wölbte ihre beiden Hände über den Ohren, wie man es macht, wenn man von dem Schall so viel als möglich in den Gehörgang leiten will; aber sie hörte nichts. Also gieng sie wieder hin= unter in die Stube, öffnete das Fenster, das nur zwei Schuh hoch über der Bank war, einen Finger weit und horchte, aber umsonst. Von da gieng sie in den finstern Keller hinab und stellte sich an das Kellerloch, das mitten unter der Bank zu Tage gieng; aber sie vernahm keinen Laut. Zuletzt wollte sie es noch vor dem Hause versuchen; als sie aber, an die Mauer gedrückt, mit dem einen Auge um die Ecke lugte, war der Engel schon fort und nur der Knabe saß mehr allein auf der Bank. Sie setzte sich also neben ihn, und als sie frägte, was der Bote des Herrn mit ihm geredet hätte, antwortete er: „Was er mit mir sprach, vernahm ich nicht durch meine Ohren, sondern ganz inwen= dig drinnen in meiner Seele, und darum konntest weder du ihn hören, noch vermochten es die, welche auf der Gasse vorüber giengen. Er sagte aber zu mir: „Ich heiße Meine= gut und bin dein Schutzengel. Und so du künftig in deinem Herzen etwas hörst, was dich lobt oder mit dir zankt, dich warnt oder zu gehen heißt, so denke an mich; denn ich werde mich noch oft zu dir aufs Bett setzen, und auf dem Weg dein Gefährte sein und am Tisch neben dir sitzen und nicht von dir weichen, bis du deinen Fuß wider mich aufhebst und ich über deiner Seele klagen muß: „Die Jungfrau Israel ist gefallen, daß sie nicht wieder aufstehen wird, sie ist zu Boden gestoßen und ist niemand, der ihr aufhelfe.“

Darüber erwachte die Rechenmacherin; und als sie sich aufgerichtet hatte, faltete sie ihre Hände und betete: „Lieber Gott, wird mir ein Sohn geboren, so gib ihm einen solchen Engel bei und mir auch einen, wenn du anders auch für die Alten welche übrig hast. Denn ich glaube die Stimme deiner heiligen Engel in unserem Herzen ist das Gewissen, wovon der Herr Pfarrer gepredigt hat.“

Ein halbes Jahr nach diesem Traum begrub die Wittwe Aenni ihren Mann, der am Nervenfieber gestorben war. Etliche Wochen darauf genas sie eines Schmerzensohns und nannte ihn nach seinem Vater „Gottlieb.“

Als der Knabe seine ersten fünf Jahre verträumt hatte, mußte seine Mutter eines Tags über Land und ihn allein daheim lassen, weil der Weg für ihn zum Gehen zu weit und für sie die Last von einem Viertelcentner, den er bereits wog, zum längeren Tragen zu schwer war. Eine so schwache, unbehilfliche und unerfahrene Besatzung aber, wie der fünfjährige Rekrut war, mußte auch verhältnißmäßig verproviantirt und instruirt werden, was die Aenni um so besser verstand, da sie ihr Castell ohne Wall und Graben schon vorher etliche Male derselben Mannschaft anvertraut hatte. Alles, was eine bessere Schneide hatte, als ein Lineal, und eine feinere Spitze als der Stiel eines Kochlöffels räumte sie aus dem Weg. Das Feuerzeug nahm sie von dem niedern Ofen und stellte es weit höher, als die untersten Aepfel an dem verbotenen Baum im Paradiese hiengen. Das große Schaff in der Küche leerte sie nicht nur aus, sondern stürzte es auch um. In dem Wasser, das sie in einem enghalsigen irdenen Topf auf der Ofenbank stehen ließ, konnte höchstens eine Fliege ertrinken. Auch an dem Schrank an der Wand rüttelte sie, um sich zu versichern, daß er ganz fest stehe. Denn kletterte ihr Gottlieb daran hinauf, so konnte er aus dem Gleichgewicht gekommen, leicht umfallen und den Buben quetschen, wie ein aufgestellter Ziegelstein die Maus. Den Proviant aber vertheilte sie in vier Portionen und stellte und legte ihn in die Tischlade nämlich für den Morgen ein Stück weißes Brod, für den Mittag ein Näpflein Milch mit einer Kreuzer-Semmel, zum Vesperbrod so viel getrocknete Schlehen und Holzbirnen, daß er mehr als eine Stunde daran zu arbeiten hatte, und, wenn sie nicht eher wieder heimkommen sollte, für den Abend ein Stück Kuchen, ein Eckstück, welches zwar zwischen den zwei weißen Broden anzusehen war wie Ham unter seinen Brüdern, aber durch seine dicke Schmalzrinde einen großen Vorzug vor ihnen hatte. Dann nahm sie die Wanduhr zu Hilfe und zeigte mit der Elle ihrem Söhnlein die vier Nummern, die der kurze Zeiger erreicht haben müsse, ehe es an die erste Mahl-

zeit schreiten und dann nach der einen zu der andern über=
gehen dürfe. Außerdem solle es von Niemanden etwas an=
nehmen und essen. Dazwischen solle es sich auf den Sims
setzen und auf die Straße hinaus schauen, so würde ihm
die Zeit schneller vergehen. Wenn es wolle, dürfe es auch
das Guckfenster aufmachen. — Zuletzt schaute sie sich noch
einmal um, ob doch nichts Lebensgefährliches mehr auf die
Seite zu bringen sei, und betete dabei in ihrem Herzen:

„Breit aus die Flügel beide,
O Jesu, meine Freude,
Und nimm dein Küchlein ein.
Will Satan es verschlingen,
So laß die Englein singen:
„Das Kind soll unverletzet sein.“

Dann gieng sie und schloß die Hausthüre hinter sich zu.
Den Schlüssel aber gab sie durchs Fenster dem Knaben,
der schon seinen Platz auf dem Sims eingenommen hatte,
mit dem Befehl, er solle ihn Niemand geben. Sie hätte
ihn auch einstecken und mitnehmen können; aber er gehörte
noch immer zu dem Spielzeug des Knaben, das nur aus
sehr wenigen Nummern bestand, und überhaupt macht es
den Kindern Freude, wenn man ihnen dazwischen etwas
übergibt und anvertraut.

Die Aenni aber gieng sehr gebeugt und gebückt von
dannen, ob sie gleich erst fünfundzwanzigmal auf der Erde
um die Sonne gefahren war. Sie hatte keine Last auf ihrem
Rücken; aber desto mehr zog ihr volles schweres Herz vor=

wärts, und schwer war es von einer Kette, die sie in ihrer Tasche bei sich hatte.

Diese Kette, die man wenigstens sechsmal um den Hals legen konnte, war seit alter Zeit in ihrer Familie; und man hatte sie immer für eine goldene angesehen und als einen Hausschatz betrachtet, der mindestens auf ein hundert und fünfzig Gulden angeschlagen werden dürfte. Die Aenni sah daher in dem Kleinod einen von den festen Nothpfennigen, die man im Nothfall durch Verpfändung oder Verkauf flüssig machen kann. Wie ein Matrose auf eine Ankerkette mit armdicken Gliedern, so rechnete sie auf ihre goldene. Sie war ihr zu einem Winkelgott geworden, der sich aus seiner Kapelle nehmen und in den Riß stellen läßt, was bei dem ihrigen um so weniger Aufsehen gemacht hätte, als sie nach dem Tod ihres Mannes den Schmuck nicht mehr angethan hatte. Aber der Herr duldet besonders bei denen, die er lieb hat, nicht den kleinsten Nebengott; und wie er den Wurm verschaffte, der dem Wunderbaum des Jona die Pfahlwurzel benagte, so ließ er gegen das Herz der Aenni, das sich an einen Golddraht gehängt hatte, eine Zunge los, die dem spitzigsten Pfeil mit Widerhaken nichts nachgab. Als Aenni an ihrem Ehrentage den Kirchgang hielt, hörte sie, die nach herkömmlicher Sitte mit den Brautjungfern die Letzte im Zug war, hinter sich lachen und sagen: „Es ist nicht Alles Gold, was gleißt.“ — Das war das Ei, welches die Wespe der Braut ins Ohr legte; aber die Larve, die daraus geboren wurde, fraß sich immer tiefer in das

Herz der Wittwe. Es war die Sorge, ihre Widersacherin
könne doch Recht haben; und diese Sorge beugte sie, als sie
auf dem Weg in die Stadt jenseits der Weinberge, nämlich
nach Eisenthal, war, um von dem dortigen Goldschmied
untersuchen zu lassen, ob auch ihr Geschmeide zu den Dingen
gehören, von welchen der Prophet predigt: „Ihre Götzen
sind Wind und eitel."

Am Abend zuvor aber waren in dem Städtlein jenseits
der Weinberge zwei beim Bier, der Docter Schönhof und
der Apotheker Adam. Der Apotheker war ein lebendiger
und wandelnder Opferstock, aber nicht mit einer, sondern mit
vielen Oeffnungen und nicht mit einer, sondern mit vielen
Ueberschriften, die alle hinaus liefen auf die Ermahnung
„Wohlzuthun und mitzutheilen vergesset nicht; denn solche
Opfer gefallen Gott wohl." Er sammelte wie die Brief=
kästen, und gab es, so uneigennützig wie diese Sammler,
in den verschiedensten Richtungen wieder hinaus nach allen
vier Himmelsgegenden, in die Nähe wie in die Ferne, nach
Madagascar und Grönland, nach China und Surinam, nach
Basel und Leipzig, so wie für die nächste beste Armenpflege.
Nur unterschied er sich von jedem Postthalter dadurch, daß er
zum Einlegen auch ohne Unterlaß trieb, und übertraf alle
Opferstöcke darin, daß er nicht bloß einlegen ließ, sondern
auch die Legeier aus seinem Eigenen gab. Auf jeder Liste,
welche er umgehen ließ, stand sein Name oben an, und die
Gulden oder Kreuzer daneben deuteten seinen Nachfolgern an,

wie viel oder wie wenig der Herr in dem vorliegenden Fall bedürfe. Die Gelegenheiten aber, etwas zu erschnappen, benützte er nicht weniger als die Katze die offenen Speiskammer-Thüren; wie z. E. an dem Abend, in welchen sich der freundliche Leser mit dem Erzähler so eben versetzt hat. An diesem Abend war der Doktor Schönhof fast so grimmig als Herodes, da er sah, daß er von den Weisen betrogen war. Denn ein Schwindler in Distlingen hatte ihn um zweihundert Gulden geprellt, und da er der reichste Mann in Eisenthal war, so war auch für ihn der Verlust nicht größer, als für den Jakobs-Brunnen bei Sichar die zwei Krüge Wasser, welche die Samariterin aus ihm füllte. Aber das machte ihn so ärgerlich, daß er sich sein Geld hatte abschwindeln lassen; und da auch der Zorn den Kamm führt, über den man Alles scheeren will, sagte er, er setze seinen Kopf daran, daß in ganz Distlingen nicht so viel Gewissen sei, als Honig in einem Wespennest. — Da blitzten dem Apotheker seine zwei grauen Augen, wie der Katze auf der Lauer, wenn die Mäuse pfeifen, und er sagte, da brauche man keinen Kopf, am wenigsten einen so unvergleichlichen, wie der seines besten Freundes sei. Um vier Kronenthaler wolle er sich selbst nach Distlingen begeben und nach einem sechzehnlöthigen Gewissen umsehen. Finde er eins, dann sollten die vier Kronen dem heiligen Martin verfallen sein, finde er keins, so wolle er nicht nur die Oestreicher zurückgeben, sondern auch zwei Preußen in die Missionsbüchse werfen. — Der Doktor schlug ein und zählte seinem Gevatter die vier Silberlinge in die Hand.

Denn er dachte, die Gewissen lägen auch in Distlingen nicht herum, wie das Geschirr auf dem Hafenmarkt, noch könne man mit dem Kniebel probiren, ob sie einen guten Klang hätten oder nicht. Sein Freund würde vor Abends öfter als einmal hinter den Ohren kratzen und denken: „Wäre ich lieber daheim geblieben bei meinen neunundneunzig Procent, statt nach Paradiesvögeln zu gehen!" Der Apotheker machte sich aber schon am andern Tag sehr frühe auf und war noch immer guten Muths, als er der Aenni begegnete, da wo die Weingärten aufhören und die Schäleichen anfangen. Denn er sprach bei sich: „Der Herr weiß am besten, ob die Oestreicher des Gevatters oder meine Preußen ausrücken müssen, und wirds fügen wie er will. Hat er doch auch den Elieser die Rebekka finden lassen, obgleich die Freundschaft seines Herrn nicht vor den Thoren der Stadt Nahor herumlief, wie die Rebhühner im Leibgehege des Königs." Und seine Hoffnung ließ ihn nicht zu Schanden werden.

Denn in Distlingen wurden von jeher viele Singvögel gehalten, und als er es erreicht hatte, begrüßten ihn diese befiederten Sänger von allen Seiten. Die Feldlerche des Sailers schrie, als wäre sie zwei Kirchthürme hoch über dem Marktflecken und nicht mitten darin. Die Haidlerche des Gerbers dagegen zog nicht alle Register, sondern nur die Flöte und Gambe, als wollte sie der Schreierin sagen, ihr Geschrei wäre ganz unnöthig und sie würde mehr Beifall ernten, wenn sie ihre Stimme mäßigte. Die Grasmücke und das Rothkehlchen des Conditors sangen miteinander ein Klaglied:

sie schienen es zu beweinen, daß die Frühlingstage, kaum angebrochen, schon wieder zu Ende giengen. Die Wachtel und der Buchfink des Grobschmieds fielen mit ihren Schlägen in diese Melodien, wie zwei wilde Enten mit ihren breiten Bäuchen in den Spiegel des stillen Teichs zwischen den Eichen. Selbst die Nachtigall des Todtengräbers hatte sich noch nicht satt gesungen, ob sie gleich schon lange vor Mitternacht angefangen hatte. Sie sang noch ihre Weise zu der Inschrift auf dem Kirchhof:

„Rosenstock mit schöner Blüth,
Rosenstock mit scharfem Dorn
Ist das Leben von Gottes Güt,
Ist das Leben von Gottes Zorn.
Rosen in der Bräute Haar,
Rosen auf der Todtenbahr,
Blühn und Welken in dieser Zeit,
Ewig Blühn in der Ewigkeit.“

Und doch horchte der Apotheker weder auf die Schreier noch auf die Sänger, sondern auf die winzige Stimme eines Knabens, welcher sang:

„Sommer, Sommer, du bist schön,
Gerne wir spazieren gehn.
Aus den weißen Blüthen fein
Werden Kirsch und Birnelein.
In dem grünen grünen Wald
Singen Böglein jung und alt.
Auf der Wiese weich und grün
Ziehen Schäflein her und hin.

Und die Kindlein schauen an,
Was der Himmelvater kann.
Pflücken Blumen zu dem Strauß,
Machen schöne Kränze draus.
Bienlein machen sum sum sum,
Schaun sich nach den Blümlein um,
Kriechen in die Blüthen ein,
Machen Honig süß und rein.
Helle Bächlein rieseln fort,
Fischlein gibts an diesem Ort;
Kindlein will ein Fischlein sein,
Geht ins klare Wässerlein.
Wäscht sich sein Gesichtchen rein,
Und dann geht es wieder heim,
Es ist müde, geht zur Ruh,
Gottes Segen deckt es zu."

Der Mann aus der Stadt blieb an dem Fenster stehen,
durch das der Gesang gekommen war, und fragte den Knaben,
wem er gehöre. Und dieser antwortete „der Aenni" nicht
schüchtern, sondern nur mit weiten Augen, welche Verwunde=
rung über die Neugierde des Fremden ausdrückten. Auch wäre
damit die Unterhaltung zwischen dem Herrn draußen und
dem Gottlieb drinnen aus gewesen. Der Apotheker sah aber
mit seinen Luchsaugen durch das offene Fenster an einer
Wand der Stube ein geätztes Blatt von Rembrandt, das in
seiner Kupferstich=Sammlung noch fehlte. Er wollte deßwegen,
um seinen Fund näher zu betrachten, durch die Hausthüre
hinein, und, als er sie verschlossen fand, ergab sich das fol=
gendes Zwiegespräch zwischen zwei Zungen, von denen die eine

durch Alter und Geschäft sehr gelenk war, die andere aber sehr ungelenk durch das Band, das noch nicht ganz los war, und bei dem phlegmatischen Temperament, dem sie diente.

Der Apotheker warf sich in die Freundlichkeit, wie er sie in seiner Offizin hinter dem Dispensirtisch für gute Kunden immer vorräthig hatte, und sagte: „Ei, wie schön du singen kannst, lieber Junge! Sag mir doch, gutes Herz, wie du heißt."

Dem Sohn des Dorfes klang diese überfreundliche Anrede viel zu fremd und ungewohnt und brachte ihn eben so wenig zum Antworten, als eine Fliege die Repetiruhr, auf die sie sich setzt. Auch war er gerade über der ersten Portion seines Proviants, und zwar in einer Weise, wodurch seine ganze Aufmerksamkeit in Anspruch genommen wurde. Er griff das Stück Brod mit seinen scharfen Schneidezähnen an den vier Ecken an, drehte es mit beiden Händen, wie das Eichhorn den Mandelkern, und bearbeitete es so, daß eine Scheibe daraus werden mußte. Die Abfälle fielen in einen Magen, der sie so gierig hinnahm, wie die verschiedenen Taschen des Gehasi die zwei Talente Silber des Syrers Naeman.

Der Apotheker, den das lange Warten auf eine Antwort verdroß, fragte noch einmal und in gereiztem Ton „Bube, hörst du? wie heißt du denn?"

Der kleine Distlinger würdigte nun den zudringlichen Frager eines zweiten flüchtigen Blicks und erwiederte so verständlich, als es eine noch nicht vollkommen gelöste Zunge, ein Stück Brod vor dem Mund und der schlechteste Wille zulassen: „Dottlieb."

Doch war der Apotheker froh, daß der Knabe nicht stumm war und daß er aus seinem Munde ein Wort hatte, an das er anknüpfen konnte. Um das warme Eisen nicht kalt werden zu lassen, ließ er sogleich die weitere Frage folgen: „Ist dein Vater nicht zu Hause?"

Der Sohn der Aenni sah den Pharmazeuten an, wie die Philister den Simson, als er zu ihnen sprach: „Speise kam von dem Fresser und Süßigkeit von dem Gewaltigen." Denn der Knabe wußte von seinem Vater so wenig, als Benjamin von seiner Mutter, und in seinem dünnen Wörterbuch stand nicht „Zu Hause sein" sondern „Derheim sein." Er war in demselben Fall, wie die Jünger, von denen geschrieben steht: „Sie wußten nicht, was das gesagt war," und blieb stumm, wie sie.

Der Apotheker hielt aber sein Schweigen für pure Verstockung und war schon im Begriff den Staub von seinen Füßen zu schütteln und weiter zu gehen, aber ein Blick auf den eingeräucherten Rembrand, der Gedanke, das Bild könnte vielleicht das sogenannte Hundertguldenblatt des niederländischen Malers sein, und die Furcht, es möchte ihm aus dem Garn gehen, wenn er nicht sogleich zugreife, hielten ihn doch zurück; und er fragte, nur um etwas zu reden, weiter: „Ist deine Mutter auch nicht daheim?" Denn er hatte beschlossen, da ein Wirthshaus nicht in der Nähe war, vor der verschlofsenen Hütte zu warten, bis der Inhaber oder die Inhaberin heim käme.

Auf diese seine Frage schüttelte der hartleibige Junge wenigstens den Kopf, und eben so auf die andere, ob sie im Heumachen wäre oder bald heim kommen werde, so daß der Apotheker einen Schritt weiter thun und sagen konnte: „Nun so geh und mach das Haus auf: ich will nur das Bild dort an der Wand sehen.“ Aber diese Zumuthung, welche durch den Griff des Bittstellers nach dem großen Schüssel in der Hand des Knaben noch verständlicher wurde, machte den Thürhüter nicht williger, sondern nur vorsichtiger. Er verließ eilends den Fenstersims und setzte sich mitten in der Stube, wo ihn selbst der lange Arm eines Orang=Utang nicht erreichen konnte. Die weit auseinander gespreizten Füße, die Hände mit dem Schlüssel auf dem Rücken und die blitzenden dunkelbraunen Augen sagten deutlicher als Worte: „Ich mag nicht.“

Um ihn aus dieser Stellung zu bringen, zog der Apotheker etliche von den Kirschen, die er zur Erfrischung auf dem Weg mitgenommen hatte, aus der Tasche, hielt sie an den Stielen in die Höhe und sagte: „Sieh, Gottlieb, die und noch mehr bekommst du, wenn du mir den Schlüssel zum Aufsperren gibst.“

Aber leichter hätte er den Ofen von seiner Stelle winken können. Der Knabe blieb unbeweglich; und dem Apotheker kam nun plötzlich der Gedanke, er könne hier zwei Fliegen mit Einem Schlage treffen, seine Kupferstichsammlung mit einem seltenen Blatt bereichern und das Gewissen finden, das er brauchte, um die Wette gegen den Doktor zu gewinnen. Sein mißlungener Versuch mit den Kirschen sollte nur das Vorspiel von einer vollständigen Versuchung gewesen sein. Er gieng daher in einen Kramladen, suchte sich allerhand Sachen aus, die nicht allein für den Gaumen, sondern auch für das Auge berechnet waren, und kehrte damit in den Kampf mit dem kleinen Joseph zurück. Er stellte einen großen reichbemalten Reiter an das Fenster, er hängte einen großen, mit buntem Streuzucker besäten Ring an den Nagel neben dem Fenster, er legte einige Blumen und Früchte auf den Sims, er warf etliche Stücke, welche das Werfen vertragen konnten, mitten in die Stube hinein, und ließ dazwischen allerhand zweckdienliche Vorstellungen einfließen. Aber der Knabe der sich während der Abwesenheit seines Versuchers auf die Ofenbank zurückgezogen und der Länge nach darauf gelegt hatte, würdigte die Kunstprodukte des Conditors kaum eines Blickes; und endlich wurde ihm der Handel so zuwieder, daß er sich umdrehte, dem Apotheker beharrlich den Rücken zuwandte und einschlief. Der blonde Lockenkopf auf einer Bibel in Folio war das lieblichste Bild zu dem Sprichwort: „Ein gut Gewissen ist ein sanftes Ruhekissen." Zwischen seinem Kopf und den Holzdeckeln des Buches lagen Arm und Hand, die er nicht nach dem Verbotenen ausgestreckt hatte.

Darüber kam auch seine Mutter wieder heim, und mit ihr kam der Apotheker viel schneller zum Ziel, als mit dem Knaben. Er gab ihr für das Bild so viel, als es werth war, und in die Sparbüchse legte er die vier Thaler seines Freundes, vollkommen gewiß, daß dieser sich damit einver= standen erklären würde.

Für das Herz der Wittwe kamen aber seine silbernen Pflaster gerade zu rechter Zeit. Es war tief verwundet durch die Entscheidung des Goldschmids, welcher erklärte, daß die Halskette von Messing und nur schwach vergoldet sei.

Die Frau war nun um ein Kleinod ärmer, aber um eine unschätzbare Erfahrung von der Treue des wahren und lebendigen Gottes reicher geworden.

Das Jahr darauf führte die Aenni ihren Knaben in die Schule. Die Gabe des Apothekers, die noch unberührt im Kasten eingewickelt unter alten Knöpfen, Haften und anderem Zubehör lag, reichte zur zweiten Ausstattung des angehenden deutschen Schülers hin. Er bekam, um von oben anzufangen, eine runde, aus dickem Tuch gemachte, und mit Pelz ver= brämte Mütze, die nicht nur dem strengsten Winter die Stirne bieten, sondern auch bei den auf dem Schulwege vorfallenden Scharmützeln als Pickelhaube dienen konnte. Die Halsbinde bestand aus einem mehr als ellenlangen und ellenbreiten Stück von festem Wollenzeug. Sie lag um den Nacken ihres Trägers, wie die Wülste um den Nacken des Eglon, des Königs der Moabiten, der ein sehr fetter Mann war, und konnte insoferne den stärksten Ringkragen ersetzen; aber ver= loren war auch ihr Eigenthümer, wenn bei einem hartnäckigen Zweikampf der Widersacher, seinen Vortheil ersehend, einen oder zwei Finger zwischen die Binde und den Hals seines

Gegners brachte und ihn würgte, wie der unbarmherzige
Knecht seinen Mitknecht, der ihm hundert Groschen schuldig
war. Mit dem Kittel dagegen hatte es gar keine Gefahr.
Er wetteiferte zwar, was die Qualität des Tuches anbelangte,
mit der Haut des Rhinoceros, aber er lag, wenn er zuge=
knöpft war, viel fester an, als der Ueberwurf dieses Dick=
häuters, und konnte bei Straßenkämpfen selbst von Tiger=
krallen nicht gepackt werden. Nützlich war er dadurch, daß
er seinen Inhaber stets bei einer gelinden Ausdünstung er=
hielt, und wenn diese in der geheizten Schulstube nicht selten
den Grad der Schwulität erreichte, so vereitelte sie doch
jeden Versuch von Rheumatismen, sich festzusetzen. Sie muß=
ten alsbald wieder ausfahren, wie der Wind, welchen der
Bratapfel läßt, wenn es ihm auf dem Ofen zu heiß wird.
Desto gefährlicher war die Hose des Knaben. Denn sie war
von Bocksleder, und auf diesem, namentlich da, wo es über
einen gewissen Theil des Leibes ausgespannt ist, patscht der
Haselstock oft so zauberisch, daß amtseifrige Schulmänner,
besonders junge, sehr schwer das Quantum satis einhalten
können, wie denn alte Trommler manchmal in die halbe
Ewigkeit hinein fortwirbeln würden, wenn nicht der Regi=
mentstambour mit seinem silberbeschlagenen Stock das Zei=
chen zum Aufhören gäbe. — Die schafwollenen Strümpfe
giengen bis über die Kniee hinauf und waren über den Wa=
den mit ledernen Gürteln befestigt. Die Beine des Knaben,
die den ganzen Sommer und Herbst unter den kurzen Hosen,
wie alle Barfüßler, das wohlthuende Luftbad gebraucht hatten,

fühlten sich unter diesen Ueberzügen so unwohl, wie der ge=
fangene Hecht oder Aal in der warmen Hand des Fischers.
Sie wehrten und sträubten sich dagegen mit Ausschlagen und
Strampeln und mit allen den Bewegungen der Muskeln,
welche die Schlange macht, wenn sie sich ihrer alten Haut
entledigen will. Aber wehe dem einzigen Kind, namentlich
dem einzigen Sohn einer Wittwe! Er muß eine doppelte
Liebe aushalten, .nicht allein die mütterliche, sondern auch
die, welche der Mann im Grab nicht mehr hinnehmen kann.
Er mag sich wehren wie ein Aal, er mag schlagen wie ein
Hecht, er mag sich winden wie eine Schlange, er mag zap=
peln wie die Gänse, wenn sie gerupft werden, er muß schwi=
tzen und die Stube hüten und Hühneraugen haben, und ein=
nehmen für drei.

Als Gottlieb so ausstaffirt in die Schule geführt wor=
den war, zeichnete er sich bald durch seine guten Anlagen
so wie durch die großen Fortschritte aus, die er bei seiner
Lernbegierde durch Fleiß und Aufmerksamkeit machte. Am
hervorstechendsten aber war seine Gewissenhaftigkeit in Allem,
was ihm Gott durch Mutter und Lehrer sagen ließ oder
durch das erste Hauptstück in seinem Katechismus, dessen elf
Sätze mit seiner Seele verwuchsen, wie eingepfropfte Augen
mit dem jungen Stamme in der Baumschule, kräftige Triebe
gewannen und Früchte brachten, wie man sie eben in dem
Knabenalter trägt. Sein Lehrer, der Cantor Rührer, hat
etliche von diesen Früchten in seinem Tagebuch aufbewahrt,
und zwei oder drei wolle auch der freundliche Leser verkosten.

Die Wohnstube des eben genannten Cantors war wohl eingerichtet. Denn wenn zwei Eheleute, wie er und seine Frau, zehn Jahre miteinander gelebt haben, ohne es sich wo anders wohler sein zu lassen, als daheim, dann fehlt es in ihren vier Wänden an keinem, von dem Fliegenwedel an bis zu dem Ofenschirm und von dem gepolsterten Fußschemel an bis zu dem Sopha, auf dem man auch eine Nacht bequem zubringen kann. Und doch war es dem geübten Auge einer Mutter leicht eine wesentliche Lücke in dieser Einrichtung zu entdecken. Die drei Seiten des Ofens umgab ein Geländer mit schneeweiß gefegten Stangen; aber was daran hieng, gehörte nur für Erwachsene. Um den runden Tisch herum war nicht ein einziger Flecken eines Pfennings groß, wie ihn ein verschütteter Tropfen Milch oder die verzettelten Brosamen einer fetten Rinde hinterlassen. Hinter dem Spiegel fehlte das Werkzeug, von dem Salomo schreibt: „Ruthe und Strafe gibt Weisheit; aber ein Knabe, ihm selbst gelassen, beschimpft seine Mutter." Und den Wänden fehlten die mancherlei Spuren, welche bezeugen, daß man Hämmer, Scheeren, Griffel, Bleistifte und schmutzige Hände auch zu etwas Anderem gebrauchen kann, als wozu sie eigentlich da sind. Dagegen redeten die Hecke Kanarienvögel in dem langen Vogelhause, die Katze auf dem Fenstersims und der fette Hund unter dem Ofen von einer Liebe, die nicht zu diesen Thieren herabgestiegen wäre, wenn sie mit höheren Wesen auf einer höheren Stufe hätte bleiben können.

Mitten in diesen Umgebungen saß eines Morgens die

Cantorin, als hätte sie einem Maler sitzen sollen zu den Worten der Schrift: „Und Hanna war von Herzen betrübt und weinete sehr, und gelobte ein Gelübde und sprach: „Herr Zebaoth, wirst du deiner Magd Elend ansehen, und an mich gedenken, und deiner Magd nicht vergessen, und wirst deiner Magd einen Sohn geben, so will ich ihn dem Herrn geben sein Leben lang. "

So fand sie ihr Mann, als er wegen Kopfweh schon um zehn Uhr die Schule ausgemacht hatte. Er wußte aber aus Erfahrung, daß ihre Anfälle von Schwermuth immer am schnellsten und besten vorübergiengen, wenn man die Betrübte nicht beredete, sondern sich unberufen ausweinen und ausbeten ließ. Darum that er, als hätte er sich nur nach der jungen Brut im Vogelhaus umsehen wollen, und kehrte, ohne ein Wort zu sagen, wieder in die Schulstube zurück. Dort fand er, wenn sie leer war, gewöhnlich nur etliche Mäuse, welche herumliefen und an das Schriftwort erinnerten: „Ja Herr! aber doch essen die Hündlein unter dem Tisch von den Brosamen der Kinder." Dießmal aber wurden sie um ihre Schnabelwaide durch einen neu aufgenommenen Schüler gebracht, der unter den Tischen und Bänken umherkroch und von dem, was er aufklaubte, etliches in die Tasche steckte und etliches auf das Tischlein vor dem Stuhl des Lehrers legte.

Es war unser Gottlieb, welcher öfters als einmal von seiner Mutter gehört hatte, wer von dem Brod, an dem er esse, mehr auf den Boden fallen und liegen lasse, als eine

Henne mit ihrem Schnabel auflesen kann, der versündige sich sehr und verdiene, daß ihm Gott den Brodkorb noch höher hänge, als er bei der Belagerung von Samaria hieng, wo ein Eselskopf seine achtzig Silberlinge galt. Er hatte aber während der Schule aus der Tasche gegessen und einen Bro= cken fallen lassen, ohne dem Willen seiner Mutter sogleich nachkommen zu können. Denn die Bank, auf der er saß, war zu hoch und sein Fußwerk zu kurz, als daß er damit den Ausreißer hätte packen und wieder einliefern können. Er konnte mit seinen Beinen nur baumeln, wie der Dalai= lama, der Gott der Mongolen und Kalmucken, so lange er noch ein Kind ist und nicht mit übereinander geschlagenen Beinen auf seinem Altar und dem großen prächtigen Kissen sitzen muß. Und aufzustehen wagte der schlichterne Knabe noch weniger als Rahel, da sie auf den Götzen ihres Va= ters saß. Desto schneller war er unter der Bank, als der Herr Lehrer ausgemacht und wegen seines Kopfwehs die Schule verlassen hatte, ohne sich weiter umzusehen. Auch glaubte er weit schneller zum Ziel zu kommen, als das Weib, wel= ches den verlorenen Groschen suchte. Aber außer seinen Brocken lag unter den Bänken und Tafeln noch so viel, was nicht umkommen und liegen bleiben durfte, daß er bald auf allen Vieren und halb hockend in der Schule hin und her kam.

So traf ihn der Cantor und nahm ihn ins Verhör, weil er im ersten Augenblick besorgte, der Junge möchte eine Nessel sein und den Weg zum Galgen mit einer Nachlese

beginnen, die sich mit dem siebenten Gebot noch weniger ver=
trägt, als eine Aehrenlese zwischen den Garben. Aber
Gottlieb gieng gerechtfertigt aus dem Gericht. In seiner
Tasche war nichts, als was auch die Mäuse zu sich genom=
men hätten, und den Kreuzer, den Bleistift und den Uhr=
schlüssel, die unten gelegen waren, hatte er auf den Tisch des
Lehrers gelegt. Die Brocken und Krümlein, sagte er, hätte
er für die zwei Hennen seiner Mutter eingesteckt. Desto
mehr bedauerte es der Cantor, daß er den vermeintlichen
Uebelthäter so lange aufgehalten hätte, und sagte zu ihm,
er möchte nun machen, daß er heimkomme; seine Mutter
werde in Sorgen sein, daß er noch nicht daheim wäre, wenn
sie sehe, daß die Andern schon auf der Gasse wären. Aber
Gottlieb erwiederte, er werde heute und den Winter hindurch
so lange über Mittag in der Schule bleiben, als seine Mutter
zum Dreschen in das Schloß hinauf gehe. Sie komme
immer erst Abends wieder heim, um die Suppe zu kochen,
und in die Schule gebe sie ihm ein Stück Brod mit und
manchmal auch Schlehen oder Hutzel.

Da kam dem Cantor ein Gedanke, der für das Herz seiner
betrübten Hanna zum Balsam und für den verwaisten Kna=
ben eine Quelle vieler glücklicher Tage wurde. Er zog von
nun an den auf halbe Kost gesetzten Concurrenten seiner Mäuse
nicht nur an seinen Mittagstisch, sondern behielt ihn auch
immer den ganzen Tag bei sich, bis seine Mutter am Abend
von ihren Lohndiensten im Schloß heimkehrte und ihn im
Vorübergehen mitnahm. Dadurch aber wuchs der Junge

der Cantorin bald in die Seele hinein, wie ein Auge in den Stamm, der damit oculirt worden ist, und füllte die Leere aus, die in dem Herzen der kinderlosen Frau entstanden war. Wiederum kamen aus dem Geiste, aus den Blicken und Worten, aus dem ganzen Thun und Lassen des aus Gott wiedergeborenen Weibes ein himmlisches Wehen, Thauen und Regnen, worin das eingesetzte Auge sich immer edler und edler entfalten konnte und eine Blüthe nach der andern für sein Sommer= und Herbstleben entwickelte. Am zartesten gedieh das Gewissen des Pfleglings. Es wurde so empfind= lich, wie die Aeolsharfe, die von dem leisesten Lufthauch angesprochen wird, und wie im Pflanzenreich die Mimose, die ihr gefiedertes Laub zusammenzieht, wenn es eine Fliege wagt sich darauf zu setzen.

Eigentlich und genau genommen theilten sich die zwei, die Cantorin und die Aenni in den Knaben, indem jene mehr sein Herz, diese mehr seinen Magen in Beschlag nahm und keine der andern einen bedeutenden Eintrag that.

Die Ehehälfte des Cantors richtete sich mit der Küche nur nach ihrem Manne, ohne daran zu denken, daß zwischen ihm und ihrem Kostgänger kein geringerer Unterschied sei, als zwischen dem Colibri, der in Blumenkelchen zu Tische geht, und zwischen der Ente, der auch ein Frosch und eine Maus so mund= und magengerecht sind, wie den Herren in Hamburg eine Auster. Der Schulmann mit der Verdauungs= kraft einer Stubenfliege konnte nur dünne Suppen, zartes Frühgemüse, junge Hühner, gekochte Pflaumen und dergleichen vertragen; für den Magen seines Tischgenossen aber waren Milchbrod, weiche Eier, Zwiebelsuppen, Thee mit durchsichtigen Butterschnitten und andere solche leichte Dinge nur wie ein Dutzend Körner zwischen zwei frisch geschärften und munter laufenden Mühlsteinen, welche die zwischen sie gefallene Prise im Hui zermalmen und dann im Zorn über den Mangel an Futter Funken sprühen und sich selbst aufreiben.

Das wußte die Aenni aus eigener Erfahrung, und darum widmete sie die wenige Zeit, welche sie um ihr Söhnlein und es um sie sein konnte, nur seinem Magen. Im Schloß droben konnten sich aber damals noch die Dienstboten und Taglöhner an das Brod halten, so viel sie wollten. Ein Laib davon, so groß wie der Vollmond, wenn er am Himmel aufgeht, lag immer in der Schublade des Gesindetisches und ein scharfes Messer dabei, als wollte die so freigebige Herrschaft damit sagen „Leute, schneidet euch und den Hungrigen vor der Thüre, so viel es Gott wohlgefällig ist." Deßwegen beschäftigte Aenni ihre zweiunddreißig noch ganz guten und perlweißen Zähne meist nur mit dem Proviant in der Schublade und legte den größten Theil der anderen Viktualien zurück. In den zwei großen Taschen ihres Rockes von hausgewirktem Zeug trug sie das Trockene und in ihrem Armkorb und dem Napfe darin das Uebrige heim. Und was für eine Freude war es für sie, wenn Gottlieb, den sie in der Cantorei abgeholt und an die Hand genommen hatte, schon unterwegs in ihre Tasche langte oder seine Nase über

den Korb hin hielt und damit andeutete, daß in seinem
Magen noch ein weiter Raum für ihre Gaben wäre. Auch
wurden seine Erwartungen, welche diese vorläufigen Recog-
noscirungen in ihm erweckten, weit öfter übertroffen, als
getäuscht. Denn die Sachen, die seine Mutter mit heim
brachte, die großen Nudeln mit fingersdicken und doch hell-
braunen Ober- und Unterrinden, die Kartoffelklöse, die in
dem goldfarbigen Schmalz so schön gelb geworden waren,
die Striezeln, die sich in süßer Butter und Sahne gebadet
hatten, der gebackene Hirsebrei mit seiner glatten und glän-
zenden Scharre, geräuchertes Fleisch auf einem weichen Bette
von weißem Kohl, strotzende Leber- und Blutwürste, an den
hohen Festen ein Stück Kalbs- oder Hammelsbraten, an
Martini ein Gansviertel, oder, wenn Aenni in der Hofküche
zu thun hatte, ein Abhub von Schinken, geräucherten Zungen
und Wildbret in kleinen und großen Schnitten, — das sind
lauter Dinge, von denen gesunde Kinder schon gerne träumen
und noch lieber zulangen, wenn sie leibhaftig auf den Tisch kommen. Ueberdieß buck die Aenni jeden Sonntag von feinerem
Mehle, als im Schloß droben für die Ehehalten verbacken
wurde, von sogenanntem Vorlauf, einen Laib Brod und
versah davon die zwei Taschen ihres Sohnes jedesmal, ehe
sie wieder an ihr Tagewerk und er in das Schulhaus gieng.
So, meinte sie, könnte er den Fasttagen, die dort seiner
warteten, getroster entgegengehen und auch sie ruhiger ihr
Stück schwarzes Brod aus der großen Schublade im Schloß
holen.

Dem Jungen bekam auch diese Abwechslung zwischen der Küche der Cantorin und dem Tisch seiner Mutter vortrefflich; er gedieh, was Derbheit des Fleisches, Reinheit der Haut, Farbe der Wangen und Zunahme nach allen Seiten anbelangt, wie der Apfel, der sich den besten Zweig an seinem Baume ausgesucht hat. Seine geistliche Mutter bemerkte es weniger, aber desto mehr seine leibliche. Jeder Aermel an Hemd oder Kittel, der zu kurz, jede Hose, die um die Lenden zu enge, und jedes Paar Strümpfe, die für seine Waden zu knapp wurden, erfüllte sie mit größerer Freude, als den größten Filz die Wahrnahme, daß in Kurzem sein Schuldbuch und seine Kasse zu klein werden würden.

Je älter Gottlieb wurde, desto zarter wurde auch sein Gewissen. Seine zweite Mutter hatte auch in dieser Beziehung denselben Einfluß auf sein Herz, wie der Magnetstein auf das Eisen, das längere Zeit neben ihm liegt, und in gar manchen Fällen konnte nur sie ihm aus der Verlegenheit helfen, in welche ihn diese Stimme Gottes versetzte, wie z. E. an seinem zwölften Geburtstag auf dem Baume.

In dem Garten des Cantors hinter seinem Hause war ein Apfelbaum. Er trug, was man an der Altmühl den Hochzeitapfel heißt, eine Frucht, die außen in das hellste Gelb und zarteste Roth gekleidet ist, und, wenn sie im Keller die Weihnachtszeit erlebt hat, ein Fleisch bekommt, das im Bruch wie der feinste Speiszucker aussieht und zwischen den Zähnen zu einem Most wird, der nicht wohlschmeckender und erfrischender sein könnte. Könnte die Frucht vom Baum weg gegessen werden, dann wäre auch noch die Frage offen, ob sie nicht zu den Früchten gehöre, die um die Ehre concurriren dürfen, daß über eine von ihnen der Mutter Eva das Wasser im Munde zusammen gelaufen ist.

Der Apfelbaum stand aber nicht mitten in dem Eigenthum des Cantors, sondern nahe am Zaun und streckte drei Aeste mit allen Zweigen und Früchten daran in den Garten des Nachbars, des reichen Krämers Gutmann, hinüber. Als daher der Schulmann seinen Famulus, den Gottlieb, hinter schickte, um die reif gewordenen Aepfel zu brocken, befahl er ihm nur die diesseitigen zu pflücken, die jenseitigen aber hängen zu lassen; denn das sei Gartenrecht und der Zaun sei auch für diese Theilung die Grenzlinie.

Gottlieb entledigte sich seines Auftrags ganz kunstgemäß. Zuerst pflückte er die Früchte, die er von dem Boden aus erreichen konnte, und legte sie in einen Korb so vorsichtig und sanft, als wären sie so zerbrechlich wie Kibitzen=Eier oder gar so empfindlich wie Seifenblasen. Doch brachte er ihn bei der Gewandtheit und dem förderlichen Amtseifer, die ihm zu Gebote standen, bald voll und trug ihn so behutsam vor, als jemals eine Hofdame einen Kronprinzen zur Taufe getragen hat. Denn er war ja schon gar oft mit der Cantorin im Keller gewesen und hatte mehr als einmal von ihr gehört, je weniger Matten die Früchte beim Einbringen erhielten, desto länger hielten sie sich und desto appetitlicher kämen sie wieder auf den Präsentirteller und auf den Tisch.

Mit dem Füllen des zweiten Korbs gieng es langsamer. Gottlieb mußte sich nun einer Leiter bedienen, um die höher hängenden Früchte erreichen zu können, und bei seiner Gewissenhaftigkeit that ihm der kleinste Zweig weh, den er beim Aufstellen derselben knickte, so daß er oft lange brauchte, bis er damit zu Stande kam. Auch legte er die gepflückten Aepfel zuerst in ein tiefes Körbchen, das mit einem Haken an einem Bindfaden versehen, bald an den einen bald an den andern Ast gehängt wurde, so daß nun aus der einfachen Arbeit eine mehr als dreifache geworden war. Doch wunderten sich der Cantor und seine Frau über das lange Ausbleiben ihres Pflegesohnes nicht, weil sie die Ernte kannten und den Arbeiter, den sie in die Ernte gesandt hatten, das Mühsame einer rechten Obstlese und die treuen Hände, die damit beauftragt waren. Ja sie belobten ihn sogar wegen seiner Schnelligkeit, als er ihnen den zweiten vollen Korb zu Füßen stellte.

Das dritte Mal aber schien er gar nicht mehr wiederkommen zu wollen. Die Cantorin, die gerade über einer sehr feinen Arbeit für die gnädige Frau im Schloß war, übermerkte es; aber ihrem Manne, der einem seiner Kanarienvögel Gesang=Unterricht ertheilte, fiel es auf. Zuerst regte sich in ihm nur ein leichtes Bedenken über das längere Ausbleiben des Knaben so allgemein und unbestimmt, daß er bloß etwas unruhig geworden auf seinem Stuhle hin und her rückte. Aber bald gesellte sich zu seiner Sorge auch die Einbildung und stellte ihm grauenvolle Bilder vor die Seele.

Auf dem einen lag der Junge mit gebrochenem Bein unter dem Baum und wand sich vor Schmerz wie ein getretener Wurm, auf dem andern lehnte er mit zerschmetterter Hirn= schale und blutigem Gesicht ohnmächtig und tobtenbleich an der Leiter, und auf dem dritten hieng er gar zwischen zwei Aesten am Hals und zappelte mit den Füßen. Vor dem ersten Bilde lehnte er sich entsetzt in seinem Stuhle zurück, auch vor dem zweiten erhub er sich noch nicht, weil es ihm war, als sagte ihm Etwas: „Du wirst den gräßlichen Anblick doch noch bald genug haben;“ als sich aber das dritte Bild in das Stereoscop seiner Seele schob, sprang er auf und lief in den Garten hinter.

Da fand er den Knaben frisch und gesund, aber in einer sonderbaren Beschäftigung. Er hatte schon alle Aepfel dies= seits gepflückt, und bei keinem war es ihm zweifelhaft ge= wesen, ob er seinem Pflegevater oder dem Nachbar gehöre. Nur der letzte hieng so gerade über dem Zaun, daß er sein zartes Gewissen in große Verlegenheit brachte und ihm die Entscheidung fast noch schwieriger machte, als dem jungen Könige Salomo der erste Fall, in welchem er ein Urtheil zu fällen hatte. Er stieg daher an der Leiter über den Apfel hinauf und visirte von oben herab, mit Einem Auge scharf und wiederholt, wie der Geometer von einer ausgesteckten Stange zur andern schaut, wenn es gilt eine Richtung zu gewinnen, die so direkt geht wie ein Sonnenstrahl, so lange er ungebrochen bleibt. Aber gerade die Wahrnehmung, daß er fast um eine Linie mehr nach jenseits als nach dies=

seits hängen dürfte, machte den Sohn der Aenni noch zwei=
felhafter. Er stieg daher wieder herab, machte aus dem
Bindfaden, den er in seiner Tasche hatte, mit einem daran
gehängten Stein ein Senkloth und setzte damit die Untersu=
chung fort.

Dazu kam der Cantor und belächelte die ängstliche Ge=
wissenhaftigkeit des Knaben. Weil es aber ein unverzeihlicher
Fehltritt gewesen wäre, seinen Schüler darin irre zu machen
und ihm kein Auskunftsmittel einfiel, so machte er die Ver=
suche mit Auge und Senkloth noch einmal durch. Er kam
aber auch zu keinem ganz unzweifelhaft sicheren Ergebniß,
und es würde nichts übrig geblieben sein, als den ärgerlichen
Achselträger hängen und den nächsten Windstoß entscheiden
zu lassen, wenn nicht endlich auch die Cantorin hinter ge=
kommen wäre und nach der Ursache von dem so langen Aus=
bleiben der Beiden gefragt hätte. Sie hieb den Knoten mit
ein paar Worten entzwei.

„Ei," erwiederte sie auf die erhaltene Auskunft, „es
kommt ja nicht darauf an, wie der Apfel hängt, sondern wie
er fällt. Die Regel heißt: „Schüttelt den Baum am
Zaun, und was davon in den Garten des Nachbars fällt,
das gehört ihm." Also entscheiden die Aeste und Zweige
mit, durch welche die Frucht fallen muß, bis sie diesseits
oder jenseits auf den Boden kommt. Also faßt der Gott=
lieb den Zweig woran der Apfel ist vorn an der Spitze und
schüttelt ihn, so wird es sich zeigen."

Der Junge schüttelte, aber nicht hin und her, sondern

auf und ab, also noch viel gewissenhafter, als es der Wind gethan hätte, und war hoch erfreut darüber, daß der Apfel dem Nachbar zufiel.

Und dennoch fiel er auch auf die Seite des Redlichen, wie der freundliche Leser sehen wird, wenn er den Knaben auf seinem Lebensweg noch eine Strecke weiter begleiten will, namentlich über das Begebniß hinaus, von welchem die nächsten Zeilen berichten.

———

Nicht lange nach der Obstlese in dem Hausgarten des Cantors wurde eines der kleineren Häuser von Distlingen an dem unteren Ende des Marktfleckens mit einem großen Jammer heimgesucht. Die Eheleute, denen es gehörte, der Schäfer Ulrich und sein Weib, waren im Begriff sich schuldenfrei zu machen. Fast mit weniger als nichts hatten sie angefangen zu hausen, und nun nach fünfzehn Jahren lagen in ihrem Wandschränkchen mit der rothen Rose auf der grünen Thüre einhundert und eilf Kronenthaler, welche die freundliche Leserin mit einem Zusatz von drei Sechsern so schnell und noch schneller in Gulden verwandeln kann, als es möglich wird zwischen drei modischen, gleich geschmackvollen und gleich theuern Kleiderstoffen zu wählen.

So leicht es aber einer guten Kopfrechnerin wird, Thaler in Gulden und Kreuzer zu zerschlagen, so schwer wurde es dem Schäfer und seinem Weibe die einhundert und eilf

Kronen zusammen zu bringen. Denn wären sie in einmal-
hundert dreiundvierzigtausend achthundert sechsundfünfzig
Hellern dagelegen, so wäre es doch nicht zu viel gewesen,
wenn sie alle „Ein Angesicht im Schweiß" als Gepräge gehabt hätten. Ein jeder, darf man wohl sagen, war so schwer
geworden, wie der Ameise das Körnlein Weihrauch, das sie
von einer Tanne holt und über Stock und Stein in ihren
Haufen trägt, ob es gleich schwerer ist, als sie selbst. Oder
wäre jedem Heller das Bild der Geduld aufgeprägt gewesen,
so wäre es eben so gut an seinem Ort gewesen, als das
Bild des Kaisers auf der Zinsmünze, womit die Jünger der
Pharisäer sammt Herodis Dienern den Meister versuchten.
Denn öfter als zehnmal war die Summe von dreihundert
Gulden fast voll geworden, wie die vierhundert Seckel Sil-
bers, welche Abraham dem Hethiter Ephron für seinen Acker
darwog, und immer wieder mußte bei ihr ein größeres oder
kleineres Anlehen gemacht werden zu einem Wochenbett, oder
zu einer Leiche, oder zu Reparaturen an Haus und Brunnen, oder für die Ersatzleute von Schafen, Ziegen und
Schweinen, die durch Seuchen in Abgang gekommen waren,
oder für andere Dinge, welche mehr kosten als die paar
Kreuzer, welche ein Schäfer in seinem ledernen Beutel und
seine andere Hälfte in ihrer Tasche unter den Brodkrumen
und anderen Sachen hat. Auch gab es damals noch keine
Sparkassen, in denen sich das eingelegte Geld von selbst ver-
mehrt, wie die Blumenzwiebeln im Boden und wie die
Winterfrucht, wenn sie sich bestockt. Jeder Groschen im

Wandschränklein war erarbeitet oder dem Mund abgespart,
wie die zehen des Weibes im Gleichnisse, das den verlornen
gewiß nicht mit Fleiß gesucht hätte, wenn er so von selbst
in ihren Spartopf gefallen wäre, wie die Nadelgelder in die
Cassetten der Frauen Salomonis. Nadelgeld war wohl
auch bei den Ersparnissen unserer Hirtenleute, aber ein anderes, als wovon die Fürstin von Thurn und Taxis und
die Frau von Rothschild reden. Der Schäfer Ulrich war
aus Schwaben und strickte von der Wolle, die sein Weib
gesponnen hatte, im Gehen auf der Weide oder im Sitzen
auf dem Dach seines Karren, wenn an schönen Sommer-
morgen seine Heerde noch im Pferch war. Freilich spotteten
seine fränkischen Collegen, wie weiland die Mägde der Königin Omphale über den Herkules mit der Spindel; aber
er ließ ihnen ihre Freude, und sie mußten ihm die seinige
lassen, die er hatte, wenn die Schäferin seine Fabrikate an
die Leute im Schloß verkaufte und nicht nur das Geld dafür, sondern auch neue Bestellungen mit heim brachte. Denn
seine Strümpfe waren so gesucht, wie das Garn und das
Gewebe der Hanna, der Frau des blinden Tobias, die einmal, wie die freundliche Leserin weiß, nicht bloß ein Gläs-
lein Magentropfen und ein Stück Brod, sondern auch eine
junge Ziege darein bekam.

Als aber endlich die dreihundert Gulden beisammen
waren, die, wie gesagt, als verzinsliche Schuld auf dem
Hause lasteten und daher jedes Jahr von den hinterlegten
Kronen über vier wieder zurückforderten, war große Freude

in der äußersten Hütte von Diftlingen. Höchstens ein
Sammler, der schon lange sämmtliche Blätter von Albrecht
Dürer hatte, bis auf eins, und zuletzt auch dieses einen hab=
haft wird, kennt diese Freude. Auch der Geschichtschreiber
kann davon reden, der sein großes Werk bis auf eine einzige
Lücke vollendet hat und nach langem fruchtlosen Suchen in
einem spanischen Archiv oder griechischen Kloster findet, wo=
mit er die Lücke vollkommen ausfüllen kann. Gar nicht zu
gedenken der Angst und Freude, die der Erzähler hatte, als
er im Traum seine Zeche bezahlen sollte, und der Groschen
fehlte, der durch das Loch in der Tasche in das Unterfutter
der Weste gekommen war und erst nach einem verzweifelten
Klopfen und Drücken an allen Orten und Enden gefunden
wurde.

Der Schäfer legte, wie alle Leute, die mit dem Geld=
zählen nicht recht umgehen können, die Kronenthaler noch
einmal in Reih und Glied auf den Tisch, und zwar in drei
Compagnieen; so daß einer jeden der siebenunddreißigste als
Hauptmann und der Sechser als Tambour, vorausmarschirte.
Als er sie wiederholt von Mann zu Mann gemustert und
sich vollkommen überzeugt hatte, daß sich kein Verdächtiger
eingeschlichen hätte, wickelte er jede Compagnie in einen be=
sonderen Strumpfsocken, das ganze Bataillon aber band er
zusammen in ein großes leinenes Tuch, so daß zwei Zipfel
desselben die Mannschaft fest umschlangen und die zwei an=
dern eine Handhabe bildeten, an der man das Befreiungs=
Corps leicht und bequem über Berg und Thal in die Stadt

tragen konnte, wo der Gläubiger wohnte. Für die bereits angebrochene Nacht mußte es noch einmal sein altes Standquartier in dem Wandschränklein beziehen.

Weil aber der Schäfer wegen seines Hirtenamts das Geld nicht selbst an Ort und Stelle schaffen konnte, sondern diesen Gang seiner Frau überlassen mußte, gab er ihr vorsorglich einige Verhaltungsregeln. Das Geld, sagte er, sei eben der Mammon, der in der heiligen Schrift schon vor Alters her ein betrüglicher und heilloser Schelm genannt werde, und ein Aal sei tausendmal leichter zu halten als er. Das Quecksilber wäre gegen ihn noch golden. Das Wasser hätte einen kleinen Kopf, aber das Geld einen noch kleineren. Wo der Unsegen eingegangen sei, da gienge es auch durch eiserne Thüren und Läden aus. Wenn seine Frau unterwegs verdächtigen Leuten begegne, solle sie an ihrem Pack nicht schwer tragen, als käme sie aus dem Schatzhaus des Hiskia, sondern damit schlendern, wie eine leichtsinnige Magd, die gewandert ist und in ihrem Bündel nicht mehr hat, als ein geflicktes Hemd und ein Paar Strümpfe ohne Fersen. Und wenn sie sich wo setze, solle sie an Saul denken, von welchem geschrieben stehe: „Und da er kam zu den Schafhürden am Weg, war daselbst eine Höhle und Saul gieng hinein seine Füße zu decken. David aber und seine Männer saßen hinten in der Höhle. Und David stand auf und schnitt leise einen Zipfel vom Rock Sauls."

Als der Schäfer dieß und Anderes gesagt hatte, begab er sich wieder hinaus in den Pferch, wo indeß sein Hund gewacht hatte und, da es finstere Nacht war, niemand wissen konnte, ob auch er in seinem Karren wäre oder nicht.

Die Schäferin machte sich des andern Tags sehr frühe reisefertig, legte das Geld auf den Tisch und hatte nichts mehr zu thun, als das bunte Tuch, das neben dem Gelde lag, umzubinden und aufzubrechen. Aber sie war eine von den Weibern, welche, wie man bei uns in Franken zu sagen pflegt, immer sieben Ecken behüten, ehe und bevor sie ausgehen.

Sie hatte schon das Tuch um den Kopf gebunden und in dem kleinen Spiegel zwischen den zwei Stubenfenstern ge= sehen, daß es sie nicht älter, sondern jünger machte, als sie war. Da knisterte in dem Ofen noch das letzte Reis von dem Wellholz, woran sie die Milch zu ihrem Frühstück ge= sotten hatte, und sie gieng hinaus, um den Aschenhaufen noch mehr zusammen zu rücken. Indeß sie damit beschäftigt war, pfiff es in der Kammer neben der Küche, so daß sie nach= sehen mußte, ob sich etwa eine von den ärgerlichen Mäusen gefangen hätte, die sich mit dem Spatherbst von den umlie= genden Gärten und Wiesen unter Dach begeben hatten. Die Falle stand aber noch, wie sie gerichtet worden war, und destomehr eilte sie der Henne nachzugehen, welche hinten im Hof gackerte, und sich zu überzeugen, ob sie auf rechtem oder bösem Wege gewesen sei, da bekanntlich die Haushühner nicht immer legen, wohin sie sollen. Aber das Ei der Hoffsängerin lag, noch badwarm, im rechten Nest, und die Schäferin würde nun ohne weiters ihren Weg noch angetreten haben, hätten sich nicht über ihr eine Stiege höher Tritte hören lassen, die von einer Katze oder gar von einem Marder herrührten und dem Taubenschlag gelten konnten. Sie mußte daher noch nachsehen, ob die Nachkommen von Noahs Kundschafter innen gegen das Raubgesindel wohl verwahrt seien, und weil sie gerade droben war, trat sie auch in die kleine Bodenkammer, in der sie ein Schaff Waizen liegen hatte. Denn der starke Wind, der die Nacht über gegangen war, konnte das Dachfenster aufgestoßen haben und die frechen Sperlinge hätten dann zulangen können, wie die ungeladenen Gäste, von denen geschrieben steht: „Wenn Israel etwas säete, so kamen die Söhne des Aufgangs, die aus dem Morgenlande, herauf über sie und verderbeten das Gewächs auf dem Lande und ließen nichts übrig von Nahrung in Israel;" aber der Reiber am Fenster war zu, und während sie seine Festigkeit probirte, sah sie in ihrem Gesichtskreis weiter nichts, als den Schuladel, der eben den Marktflecken verließ und in sichtbarer Eilfertigkeit das Freie suchte, so daß er in wenigen Augenblicken zwischen den Weingärten und ihren hohen Mauern verschwand.

Das Menschenkind aber, das unsere Schäferin durch das Dachfenster erblickte, führte seinen Namen schon über vierzig Jahre, weil er der Sohn eines längst verstorbenen Inhabers einer Winkelschule war und von seinem Taufpathen den Namen Adam hatte. Seines Handwerks war er ein Fex; und seine Mutter schien sich, als sie ihn unter ihrem Herzen trug, an den Elstern versehen zu haben, die ihrem

Dachstüblein gegenüber in einer hohen Ulme nisteten. Denn ihr Sohn, der schon von der Natur mit schwarzen Augen und Haaren ausgestattet war, kleidete sich, seitdem er seinem Willen folgen konnte, am liebsten in die zwei Hauptfarben dieser verrufenen Vögel, wobei es ihm sehr zu Statten kam, daß er von jeher im Andenken an seinen armen Vater, einen übrig gebliebenen Candidaten der Theologie, aus dem Pfarrhause mit abgelegten Kleidungsstücken aller Art versehen wurde. Das Chorhemd aber, welches damals noch in Distlingen wenigstens über dem Priesterrock getragen wurde, ersetzte er dadurch, daß er an den Sonntagen sein frisch gewaschenes Leibhemd über seinen Anzug warf und nur an den Werktagen seiner eigentlichen Bestimmung näher brachte. Denn die Sehnsucht seines Vaters nach einem geistlichen Amte, die ungestillt geblieben war, schien sich auf ihn fortgepflanzt zu haben, und äußerte sich nur in einer Weise, wie sie bei einem blödsinnigen Menschen nicht anders zu erwarten war. Wenn er aber seine lange Nase so vor sich hin trug, sein schwarzes Pfaffenkäpplein weit im Nacken hatte, die weißen Aermel seines Hemds hinter stülpte und dagegen die weiten schwarzen seines Fracks unbedeckt ließ und auf seinen mageren Beinen in Kniehofen und dunkeln wollenen Strümpfen mehr daher gehüpft als gegangen kam, brauchte man nicht erst lang zu fragen, wo in Raffs Naturgeschichte sein Ebenbild zu suchen sei. Doch wäre es noch leicht zu ertragen gewesen, hätte er nur seine äußere Erscheinung von der Elster gehabt; aber er hatte auch eine charakteristische Neigung von ihr und war fast noch diebischer, wie sie. Was er bekommen konnte, verschleppte er, und versteckte es meistens so, daß es nicht mehr wieder zu finden war. Daß man ihn im Guten fragte, wohin er dieß oder das gethan hätte, daß man ihm mit Hängen und Köpfen drohte, daß man ihn Tage lang hungern ließ, daß man ihn schlug, wie einen Russen, das half Alles nichts; hatte er etwas versteckt, so schien er sich dessen eben so wenig mehr zu erinern und eben so wenig mehr davon zu wissen, als der Häher von der Nuß oder Eichel, die er gestern, als sein Kropf schon voll war, in den hohlen Baum oder in den Wachholderbusch unter ihm fallen ließ.

Der Schäferin, die den Schuladel schon tausendmal gesehen hatte, war natürlich seine Erscheinung nicht auf= fallend. Sie ließ ihn im Frieden ziehen, und wollte nun ihren Aufbruch nicht mehr um eine Minute verschieben. Aber als sie wieder hinunter kam, waren Haus und Stube weit offen, als sollte Salomo in aller seiner breiten Herr= lichkeit einziehen, und auf dem Tisch lag eben so wenig mehr ein Kreuzer Geld, als auf dem Stein in der Wüste, den Jakob unter sein Haupt genommen hat, als die Sonne untergegangen war. Sie ward nicht zur Salzsäule, wie Lots Weib, aber zu einem Bild des Schreckens und Ent= setzens, starr wie von Marmor, weiß wie von Alabaster bis an die blauen Lippen, und kalt wie von Erz. Im ersten Augenblick dachte sie gar nichts, und als ihr der Dieb aus Narrheit einfiel, gesellte sich zu dem Schrecken die Verzweif= lung. Sie sank wie ohnmächtig auf die Bank hinter dem

Tiſch und ſaß nun da mit geſchloſſenen Augen und herab=
hängenden Armen.

Es wird daher der freundlichen Leſerin, die trotz ihres
Mitleidens der unglücklichen Frau doch nicht helfen kann,
lieb ſein, wenn ſie der Erzähler bei der Hand nimmt und
mit ihr dem Sohn der Aenni nachgeht, der auf dem Weg
in den Wald iſt, um für den Ofen ſeiner Mutter eine
Tracht dürres Holz zu holen, und zwar heute ſchon zum
zweiten Mal.

Er war in der vollen Rüſtung eines Holzleſers. Auf
dem Kopf hatte er eine Haube ohne Schild, aber mit einer
aufgetrennten Nath in ihrem Unterfutter, ſo daß man ſie
mit Moos wattiren und eine Laſt Prügel darauf legen
konnte, ohne von den Knorren und anderen Unebenheiten
derſelben zu ſehr gedrückt zu werden. Um Schulter und
Lende trug er, wie ein Bandelier, einen langen dreifach zu=
ſammengelegten Strick, um damit das Geſammelte in eine
feſte Garbe zuſammen zu binden, und wagrecht in ſeiner
Linken eine Stange mit einem ſichelförmigen eiſernen Hacken.
Damit wurden die dürren Aeſte, die er mit der Hand nicht
erreichen konnte, gepackt und gebrochen, es ſei denn, daß
ſie feſter waren und mehr tragen konnten, als er ſchwer
war. Seine Schuhe hätte auch ein Altreiß nicht mehr in
die Cur genommen, ſo breſthaft waren ſie; aber ſie ſollten
auch weiter nichts, als gegen die ſcharfen Steine auf dem
Weg ſo wie gegen die Nadeln und Dornen im Wald ſchützen.
In dem Kittel und in den Beinkleidern, aus denen er mit

Armen und Füßen weit hinaus gewachsen, war kein Loch oder Riß kleinfingersgroß. Sie wurden samt den Schul= kleidern von seiner Mutter jeden Sonntag vorgenommen und nach allen ihren Schäden so sorgfältig ausgebessert, daß es Petrus mit seinem Netz gewiß nicht genauer genom= men hat. Wenn aber der Sohn der Aenni für den Wald stets seinen allerschlechtesten Habit wählte, so hatte auch dieß seinen Grund. Man mußte gar oft auf die Bäume klettern, um der dürren Aeste habhaft zu werden, die man von dem Boden aus entweder nicht mit dem Haken oder mit den Augen erreichen konnte; man mußte die eine und die andere Fichte ersteigen, um dem Eichhorn in seine Kinderstube schauen zu können, man mußte durch das Dickicht schlüpfen, um zu sehen, was sich darin rege, ein Hase oder gar eine Hirschkuh mit ihrem scheckigen Kalb, kurz man mußte so Manches thun, wobei kaum ein Panzerhemd von Draht= maschen unzerrissen geblieben wäre.

Das Revier aber, wohin unser Gottlieb Nachmittags seine Schritte richtete, lag auf einem ziemlich hohen Berg= rücken mit vielen großen Eichen, Buchen und Fichten. Unter den hundert= und zweihundertjährigen Bäumen hatte man vor Zeiten nach dem Bohnerz gegraben, welches in der Umgegend von Distlingen in den Thongängen zwischen den Kalkfelsen häufig vorkommt. Von allen Gruben waren aber bloß mehr Vertiefungen übrig, welche auch in finsterer Nacht weder Thieren noch Menschen lebensgefährlich werden konnten. Sie waren meist bis nahe an den Rand mit

Laub und Moos ausgefüllt, und was hinein gerieth, fiel weich und vermochte eben so leicht wieder herauszukommen. Nur eine einzige Grube war noch, wie man sie verlassen hatte, — ein runder, durch Felsen gehauener Schacht, unten flaschenförmig erweitert und so tief, daß man nur an ganz hellen Tagen den Boden in seinem Dämmerlicht sehen konnte. Nur so weit die Sonne im Sommer hineinschaute, und das war nicht weit, hatte da und dort etwas Krummholz seine zähen Wurzeln in die Steinritzen getrieben. Unter ihm waren die Wände ganz kahl und nackt. Was in diesen Schlund hineinfiel, das konnte ohne Hilfe von oben nicht wieder heraus.

Als unser Gottlieb das erste Mal durch das Dickicht drang, womit der verlassene Schacht umgeben war, und unversehens an seinem Rande stand, waren Schrecken und Schauer seine ersten Empfindungen. Aber bald redete auch da sein Gewissen ein Wort dazwischen, das ihn zu dem Vorsatz brachte hinein zu schauen und zu rufen, so oft er der verlassenen Erzgrube nur auf eine Viertelstunde nahe komme. Denn wie leicht konnte, wenn auch nicht ein Mensch, doch ein Thier kurz zuvor in der Nacht oder auf der eiligen Flucht hineingefallen sein und noch leben, und wie sehr war es dann Pflicht, Leute zu holen und das Mögliche zu thun, daß, was hineingefallen, nicht elendiglich verschmachten müsse.

An dem Tag, von welchem wir erzählen, war der Sohn der Aenni auf dem Heimwege schon mehr als eine Viertelstunde von der Fallgrube abgekommen, ehe er an sie dachte. Und doch legte er seinen Bündel Holz in ein Gebüsch und kehrte zu ihr zurück. Hätte er es nicht gethan, so hätte er in der Nacht darauf nicht ruhig schlafen können. Winselnde Kinder und heulende Füchse, Mensch und Wild mit gebroche= nen Beinen würden ihm weder im Schlafen noch im Wachen nur eine Minute Ruhe gelassen haben.

Als er an den Rand des Schachts kam, hörte er keinen Laut aus der dunkeln Tiefe desselben, und doch staunte er, als er hineinsah, noch mehr, als hätten ihm durch die unterirdische Finsterniß die Augen von drei wilden Katzen entgegen gefunkelt. Denn an dem kahlen und starren Ast einer Zwergföhre, die ziemlich weit unten vielleicht schon länger als hundert Jahre nach oben gestrebt und es nicht weit damit gebracht hatte, hieng ein schneeweißer Bündel.

Nun war Gottlieb froh, daß er seinen Haken nicht auch zurück gelassen, sondern in der Eile mitgenommen hatte. Er langte damit hinunter und zog das Päckchen herauf. An der Schwere desselben merkte er sogleich, daß Geld darin war. Um so weniger öffnete er es, sondern ließ die Knoten so fest geschlungen, wie sie aus den Händen des Schä= fers gekommen waren, und that überhaupt nichts, als daß er auf dem Heimwege mit seiner doppelten Fracht schneller gieng und seltener ruhte, als er sonst an schönen Herbst= abenden zu thun pflegte. Denn, dachte er, wer so etwas vermisse, der würde sehr froh sein, wenn er es recht bald wieder erhielte.

Die beraubte Schäferin war den ganzen Tag nicht aus ihrem Haus gekommen. Wie der Schatten von einer Kindsmörderin in der Unterwelt oder wie Blödsinnige im Irrenhause wandelte sie auf und ab, hin und her und blieb bald in diesem bald in jenem Winkel stundenlang sitzen, zusammengekrümmt und mit über einander gelegten Händen. Ihr Ofen blieb kalt und die Küche finster. Sie kochte für sich nichts und nichts für ihren Mann.

Dieser hatte schon am Nachmittag in die Gegend getrieben, wohin sie verabredeter Maßen auf ihrem Rückwege kommen sollte. Als sie immer und immer nicht kam, wurde auch er ängstlich und trieb eher ein, als sein College, der noch jenseits des Thals hinter seiner Heerde gieng und fröhlich auf dem Blatte pfiff. Denn er wollte sich daheim umsehen und, wenn seine Frau noch nicht daheim wäre, nach ihr gehen.

Als diese ihn von weitem kommen sah, erschrack sie über ihn, als wäre sie eine Giftmischerin und er der Häscher, der sie festnehmen sollte. Es war ihr unmöglich, ihm zu sagen, was geschehen. Sie lief durch die Hinterthüre in den Garten und wollte über den Gartenzaun hinweg das Weite suchen. Da kam der Finder daher. Sie erkannte das weiße Päcklein in seiner Hand und sank zusammen. Bald kam auch ihr Mann dazu und ließ sich auf ein Knie nieder, um ihr beizustehen.

Die freundliche Leserin kann sich ohne den Erzähler

leicht denken, wie die starre Gruppe wieder Leben und Bewegung erhielt.

Ein Jahr vorher war auch im Schloß ein großer sil= berner Becher verschwunden. Man vermuthete daher nun, der Schuladel habe auch ihn in die Erzgrube geworfen und begab sich mit einer großen Feuerleiter dahin. Den Becher fand man nicht, aber den Schuladel. Er lag mit zerschla= genem Kopf und gebrochenem Hals in dem Schacht. In der einen Hand hatte er einen langen dürren Ast und in der andern eine mit der Wurzel ausgerissene Föhre. Mit jenem wollte er die Errungenschaft des Schäfers vollends seiner Narrheit opfern und an dieser hielt er sich, bis auch seine Stunde gekommen war und das diebische Geschlecht der Elstern um einen Vetter ärmer werden sollte.

–––––––

Nach diesem und anderem erreichte Gottlieb sein drei= zehntes Jahr und war für eine höhere Lehranstalt reif, da er bei dem Pfarrer nicht nur Luthers Katechismus, son= dern auch Latein gelernt und darin große Fortschritte gemacht hatte. Zum Besuch einer auswärtigen Schule hatte er aber eben so wenig die Mittel, als Columbus zur Entdeck= ung der Neuen Welt. Es blieb ihm daher nur übrig, entweder ein Taglöhner zu werden wie sein seliger Vater, oder sich zu einem von den sieben Meistern in Distlingen in die Lehre zu begeben und von ihnen zu lernen, was zu des

Leibes Nahrung und Nothdurft gehört. Seine Mutter war
deshalb auch schon mit ihrem Nachbar, dem Weber in
Unterhandlung getreten. Denn sie meinte, am Spulrad und
im Webestuhl drohten dem Leben ihres Sohnes die wenig=
sten Gefahren, und es war ihr immer zuwider gewesen,
wenn er in seiner lateinischen Grammatik lernte, statt mit
ihr zu plaudern. Aber eine höhere Hand führte ihn an Nadel
und Ahle, an Backofen und Hobelbank, an Axt und Kelle,
wie an Spulrad und Webstuhl vorüber in einen Weinberg.

Die Schloßfrau, welche auf einem Blatt des Stamm=
baums der Herren von Hornstein als Anna, geborne Freiin
von Hohenauf steht, sammelte Geschichten, Märchen und
Sagen, wie man sie in Rockenstuben, beim Bier und an den
Feierabenden auf der Bank vor dem Hause erzählt. So
kam sie eines Vormittags auch in die Schule mit einem
Korb Aepfel und Wecken, den die Kammerjungfer ihr nach=
trug, und ersuchte den Cantor, er möchte die Großen —
die Schüler und Schülerinnen der Oberabtheilung — auf
ihren Schiefertafeln nacherzählen lassen, was sie etwa von
ihren Leuten daheim oder wo anders gehört hätten. Die
Brode und Aepfel habe sie für alle mitgebracht; wer aber
etwas liefere, was ihr bisher noch unbekannt geblieben sei,
der solle einen neuen Fünfzehner dazu bekommen.

Was die Mädchen lieferten, war nur ein Trödelmarkt
von etlichen alten Geschichten, Geistererscheinungen und
Mordthaten, welche die Schloßfrau auf ihren Sammelwegen
längst schon aufgeklaubt und zum Theil wieder weggeworfen

hatte. Die Knaben dagegen legten nur nagelneue Sachen
aus, und der Erzähler glaubt den Dank der verehrten Leser
zu verdienen, wenn er ihre Artikel auch in diesem Büchlein
ausstellt.

Der Vorspann.

Das Christkind begab sich einmal in einem kleinen ver=
goldeten Wagen auf die Reise, und ließ durch einen Posau=
nenengel, der ihm voraus flog, bekannt machen, wer sich ihm
vorspannen wolle, möge auf der oder der Station erscheinen.
Die Murmelthiere und Siebenschläfer erschienen nicht; denn
es war schon um Martini und lagen bereits im Winter=
schlaf. Dagegen stellten sich ein zwei Eichhörner mit langen
Schweifen und Zehen, und zwei Meerschweinchen aus Ame=
rika, und zwei Kaninchen, die in Höhlen wohnen, und zwei
Zobel aus Sibirien und zwei der kleinsten Zibethhiere. Zu=
letzt nach allen kamen auch sechs Schnecken, zwei und zwei
hintereinander, als wären sie schon eingespannt, und wurden
von den Andern verspottet. Denn diese waren alle auf et=
was stolz, die Eichhörner auf ihre Schnelligkeit, die Ameri=
kaner auf ihre kleinen Ohren, die Kaninchen auf ihr Seiden=
haar, die Zobel auf ihren kostbaren Pelz und die Zibethkatzen
auf den Wohlgeruch, der von ihnen ausgieng, besonders
wenn sie stark auszogen oder sich bergan mit aller Gewalt
in die Stränge legten. Aber das Christkind dankte sämmt=
lichen Vierfüßlern für ihren guten Willen. Es ließ von dem
Zwergengel, der hintauf stand, die Schnecken einspannen,

8*

und als man es fragte, warum es sich dieser Leimsieder bediene, antwortete es: „Ich muß langsam fahren, damit die kleinen Kinder mir nachkommen und sagen können, was ich ihnen zu Weihnachten mitbringen soll, wenn ich wieder komme und höre, daß sie fromm gewesen sind."

Der Fensterschweiß.

Der Engel Gabriel wurde einmal von Gott auf die Erde gesandt, damit er sehe, was die Schulmeister trieben und wie sie seine Lämmer weideten. So kam er in ein Städtlein an der Unstrut, wo die drei Schulen des Orts auf dem Rathhaus beisammen sind, und hätte es gern mit seiner Sache daselbst so genau genommen, wie in Augsburg und Nürnberg, wo er die Schreibhefte mit grüner Dinte nachkorrigirte und auf den Schiefertafeln die Fehler wider die Normalschrift mit dem Vergrößerungsglas suchte. Aber sein Urlaub gieng zu Ende, und er wollte aus dem Städtlein nichts mit wegnehmen, als ein Zeichen, und später sehen, ob es ein Wahrzeichen gewesen sei oder nicht. Deßwegen gieng er erst Nachmittags durch die Schulen, als sie schon leer waren; und als er sah, daß der Schweiß an den unteren Fensterscheiben in der einen zweiviertels, in der andern einviertels weggewischt und in der dritten ganz unberührt war, machte er eine Bemerkung auf ein weißes Blatt in seinem Taschenkalender und fuhr dann auf wie der Engel Raphael, nachdem er zu dem alten und jungen Tobias ge-

sagt hatte: „Und nun ists Zeit, daß ich zu dem wieder hin=
gehe, der mich gesandt hatte." Daheim aber, als Gabriel
wieder unter seines Gleichen war, sprach er zu ihnen: „Was
gilts, in den drei Schulen an der Unstrut steht es wie mit
dem Schweiß an ihren Fenstern." Und so war es auch.
Als der Tag der Rechenschaft kam, fehlte es in der einen
Schule an nichts, in der mittleren einviertels und in der
unteren halb. Denn je weniger die Schüler von dem Rücken
ihres Lehrers sehen, desto besser ist es; und unser Herr
weiß es gar wohl, warum er die Schulfenster so stark an=
laufen läßt.

Die Wachtel.

Nicht eine mit zwei Füßen, sondern eine von denen, die
man abfliegen läßt und die zum Unterschied von ihren Na=
mensschwestern im Frühjahr immer unverhofft kommen.
Erwähnt wird ihrer auch in dem Spruch: „Und wer dich
schläget auf einen Backen, dem biete den andern auch dar."
Und hätte Gottliebe, die kleine Magd der Kirchbäuerin in
Ammelbruch, dieß gethan, dann wäre sie wenigstens nicht
erfroren. Denn die Götti, wie sie die Leute hießen, warf
eines Nachmittags beim Aufstehen von der Bank zweimal
den Rocken um, und als es ihr das dritte Mal wieder pas=
sirte, schlug die Bäuerin, welche an der anderen Seite des
Tisches spann, nach ihr, aber nicht wie Simon Petrus mit
dem Schwert oder so ungeschlacht, wie der Diener des Ho=
henpriesters Kajaphas nach unserem Herrn, sondern nur un=

gefähr so, wie man nach einer Fliege an seinem eigenen Leibe schlägt. Desto leichter hätte die Götti den Rocken aufheben und den Merks von ihrer Frau Hand einstecken können. Aber sie schrie: „Ich will Euch schon einen Herrn finden," rückte ihre Haube zurecht und rannte zur Thüre hinaus. Daheim bei ihrer Mutter kleidete sie sich um und machte sich noch auf den Weg in das Gericht, ob es gleich schon zwei Uhr vorüber war und die Schneewolken über den schwar= zen Fichtenwald hinstrichen, wie die Schwärme, von denen der Prophet Nahum weissagt: „Es wird dich überfallen wie Heuschrecken." Der Spitz ihrer Mutter schaute theil= nehmend zu ihr hinauf, als billigte er das Zornwasser in ihren Augen, und gieng mit ihr fort, als wollte er ihr einen Beistand vor Gericht abgeben. — Der Hund kam Nachts gegen zehn Uhr wieder heim, aber die Götti nicht. Sie war im Gericht gewesen und hatte sich unverrichteter Dinge wieder auf den Heimweg gemacht, als der Amtmann gegen Betläuten von einem auswärtigen Termin noch nicht heim= gekommen war. Man suchte den ganzen andern Tag nach ihr und konnte sie nicht finden. Erst als der Frühling auch über die Schneehaufen in den Abgründen Herr wurde, fand man sie in dem tiefen Steinbruch bei Hochholz. Ob sie sich todt gefallen hatte oder erfroren war, ließ sich nicht ausma= chen; der Pfarrer, der die Leichenpredigt hielt, sprach über den Text: „Darum, meine lieben Brüder, ein jeglicher Mensch sei langsam zum Zorn; denn des Menschen Zorn thut nicht, was vor Gott recht ist."

Der Ring im Gras.

Im März, wo die Rockenstuben kurz werden und nicht
lange mehr dauern, waren einmal in einer acht Personen
beisammen. Die Bäuerin, ihre Magd und die Nachbarin
saßen am Tisch, um die Lampe mit Leinöl; der Bauer und
sein Gevatter nahmen die Ofenbank ein, und in der großen
Bettstatt waren drei Mädchen von acht bis zu zwölf Jahren.
Sie hatten noch ihre Unterröcke an, auch lagen und schlie=
fen sie nicht, sondern geberdeten sich wie halbgewachsene En=
ten, die mit beiden Flügeln ins Wasser schlagen und über
den Mühlteich hin und her schießen, als wären sie toll.
Denn der Fleckenmann, der sie über vierzehn Tage lang mit
Hitze und Durst gequält hatte, war von ihnen gewichen und
es war ihnen so wohl wie den Leuten, von denen Judith
am fünfzehnten geschrieben steht: „Und war Jedermann
fröhlich, sangen und sprangen, beide Jung und Alt." Erst
dann hielten sie mit ihrem Juhe ein und horchten, als der
Taufpathe von den Elfen zu reden anfieng, von ihren Rin=
zelreihen in mondhellen Nächten und wie sie da, wo sie tanzten,
im kurzen Gras einen dunkelgrünen Ring hinterließen, wie
z. E. gleich hinter dem Hausgarten auf dem Kühanger. —
Des andern Tags nach dem Essen giengen der Bauer und
die Bäuerin auf das Mistbreiten, nachdem sie den Kindern
eingeschärft hatten, keinen Tritt über die Thürschwelle ge=
schweige denn weiter zu thun. Aber der Elfenring, den sie
noch nicht gesehen hatten, und das schöne Wetter, auf das

man etwas wagen konnte, zogen so heftig und unwiderſteh=
lich, daß die Jungen trotz der warnenden Stimmen ihrer
Alten ausflogen und ſich mitten in dem geheimnißvollen Kreis
niederließen. Doch blieben ſie nicht lange ſitzen. Auf das
Wort der mittleren, daß es ſich da wirklich gut tanzen
müſſe, erhuben ſich alle drei; weil ſie aber zu einem Ringel=
reihen zu wenig waren, tanzte eine jede auf ihre eigene Fauſt,
ſich wenigſtens zwanzigmal um die eigene Axe drehend, bis
ſie von einem Ende des Rings bis zum andern kam. Mit
Schweißtropfen auf ihren Stirnen flogen ſie zurück und wa=
ren wieder im Neſt, ehe die Eltern heimkamen. Aber Nachts
fiengen ſie an zu ſchwellen, die hitzige Kopfwaſſerſucht kam
dazu und acht Tage darauf lagen ſie nicht mehr unter dem
Deckbett, ſondern unter dem Raſen des Kirchhofs. Die
Leute im Dorf meinten, ſie wären von den Schwarzelfen
angehaucht worden. Aber der Flurwächter, der die Mägd=
lein hatte tanzen ſehen, wirbelnd wie Irrwiſche, murmelte
zwiſchen den Zähnen: „Ihr Kinder, ſeid gehorſam euern
Eltern in dem Herrn, denn das iſt billig. Ehre Vater
und Mutter, das iſt das erſte Gebot, das Verheißung hat,
auf daß dirs wohl gehe und du lange lebeſt auf Erden.“

Die Orakelblume.

Wehe den unmündigen Kindern, wenn Alles in ihre
Herzen fiele und darin lebendig würde und Wurzeln ſchlüge,
was die Unverſtändigen vor ihren Ohren reden. Aber mei=

ftens läuft es, wenn nicht ganz, doch fast eben so gut ab, wie bei der Bonne der Freifrau von Hügel. Diese, näm= lich die Bonne, saß einmal im Schloßgarten auf der Bank unter der Hängeesche, eine Orakelblume in ihrer Hand und sagte so laut, daß es noch zehn Schritte von ihr die Gras= mücke im Holderbusch hören konnte: „Er liebt mich — er liebt mich nicht. Er liebt mich — er liebt mich nicht" und so immer fort, bis alle die schönen weißen Blätter der Blume auf dem Boden lagen und von ihr nichts mehr übrig war, als der Stiel mit den gelben Staub= gefäßen, der dann auch unwillig weggeworfen wurde, nach= dem das letzte Blatt gesagt hatte: „Er liebt dich nicht." Der kleine Freiherr, der zu ihren Füßen im Grase lag und aus seiner Pilgertasche Kirschen aß, hörte die Bonne auch. Sie schlug aber dazwischen ihre thränenfeuchten Augen auf zum Himmel, und darum glaubte der Knabe, die Gute wolle nur wissen, ob ihr der liebe Heiland gewogen sei, hatte da= her auch ein großes Mitleiden mit ihr, als sie fast mit Ent= setzen ausrief: „Er liebt mich nicht!" Bald darauf aber geschah es, daß der kleine Freiherr im Zorn seiner Schwe= ster eine Ohrfeige gab. Und sogleich nach der That war es ihm wohl wie dem Juden, der einen falschen Sechser an= gebracht hat. Aber auf dem Weg in den Schloßgarten fieng sein Gewissen an darein zu reden und ihm bemerklich zu machen, auch der Himmelvater habe zugesehen, als er seine arme zahnwehige Schwester mißhandelte. Desto mehr beschleunigte er seine Schritte, und die erste entfaltete Stern=

blume, die er fand, pflückte er und fragte in der Weise seiner Wonne und mit manchem Blick zum Himmel das Orakel: „Liebt Er mich? — liebt Er dich nicht?" Und das letzte Blatt antwortete auch ihm: „Er liebt dich nicht?" — Darüber wurde er so traurig, wie seine Führerin, an deren Hand er wieder umkehrte, und versprach Gott, er wolle in seinem Leben nicht mehr im Zorn schlagen und am wenigsten eine Person, die kleiner und schwächer sei, als er. Der große Freiherr, der aus dem kleinen geworden ist, soll sein Wort gehalten haben, indeß der wüthige Markgraf von Ansbach im Zorn den Fallmeister erschoß und den Schneider in den Schloßgraben warf.

Zweideutig.

Anderwärts sind die Fische und Krebse nur im Wasser zu suchen, und die Wasserjungfern setzen sich hintereinander auf die Binsen, wann es Abend geworden ist. In den Bergen an der Altmühl aber liegen sie zwischen den Schieferplatten, wie die Blumen, welche ein Professor der Botanik zwischen Fließpapier gelegt und unter seine Presse gethan hat. Und da kann einem Glückskind allerlei Seltsames widerfahren, wie z. E. dem Bastian, als er noch in die Sonntagsschule gieng und der Lehrer ihm und seinen Kameraden rieth, auch im Scherz nicht zu lügen und alle Zweideutigkeiten zu lassen. Denn er schrieb sich den guten Rath des Schulmeisters nicht hinter die Ohren, sondern warf ihn unter das alte Eisen und probirte es, ob auf eine andere Manier nicht mehr zu profitiren wäre. An den Sonntagen aber pflegte er in die Steinbrüche hinauf zu gehen und in dem weggeworfenen Schutt nach den Versteinerungen zu su= chen, deren jede ein Abbruck ist von dem Worte: „Ich will eine Sündfluth kommen lassen auf Erden.“ Da begab es sich einmal, daß ihm der Wirth begegnete und fragte: „Wohin?“ daß Bastian antwortete; „Ins Fischen“ und daß der Wirth darauf versetzte: „Du Maulaffe!“ Weiter hinauf begegnete ihm der Metzger und fragte: „Wohin?“ und Bastian antwortete: „Ins Krebsen,“ und der Metzger streckte seine Hand aus und würde ihn mit einer Kopfnuß bedient haben, hätte er seinem Arm eine Elle zusetzen kön= nen. Und noch weiter oben begegnete ihm der Förster und fragte auch: „Wohin? und als Bastian antwortete: „In die Vögel“ dachte er wohl an die versteinerten Wasserjung= fern mit den vier Netzflügeln, aber der Forstmann dachte an die Waldvögel, die man nicht fangen soll, und sagte nicht nur: „Wart’, ich will dir das Vogelfangen vertreiben!“ sondern ließ auch den Bastian seine Hundspeitsche verkosten. Da däuchte dem Sonntagsschüler der Rath des Schulmei= sters doch gut zu sein, und als ihm droben auf dem Berg ein fremder Mann begegnete und fragte: „Wohin so eilig, du Kleiner?“ — denn Bastian lief noch, als könnte die Peitsche des Försters ihrer Länge zwei oder dreihundert Schritte zusetzen — blieb der Gefragte stehen und antwor= tete: „In die versteinerten Fische und Krebse.“ Der Fremd=

ling war aber der Landarzt aus dem nächsten Städtlein, der Petrefakten sammelte und von nun an dem Bastian um blanke Groschen und Sechser Alles abkaufte, was dieser fand. Vorher hatte er von dem geizigen Baber im Dorf für die schönsten Stücke nur ein Stück Brod oder eine Hand voll Nüsse und dergleichen bekommen.

Drei Sagen aus dem Oberland.

1. Der Todtenkopf.

Mit Todtenköpfen hat sich schon allerhand zugetragen. In den Schädel von einem Erhenkten, den der Professor in Greifs= walde noch auf dem Dachboden stehen hatte, gerieth einmal eine Ratte und fiel und sprang und kollerte mit ihm über alle Stiegen hinunter und durch die offene Hausthüre hinaus bis auf die Gasse, daß sich alles entsetzte und auswich, als wäre es die Kugel aus einer Karthaune. — Anders aber hat es sich verhalten mit dem Todtenkopf in Mittenfels. Daselbst war einmal eine arme, aber sehr schöne und tugendsame Dirne. Die wollte der Pfleger des Herzogs in Bayern in seine Küche nehmen; aber die Dirne wollte nicht und die Pflegerin wollte es auch nicht, und beide wußten warum. Da geschah es einige Zeit darauf, daß aus der Kirche die silbernen Arme und und Beine gestohlen wurden, die als Opfer von Genesenen an dem Altar einer wunderthätigen Maria hiengen. Der Meßner aber bezeugte, die Dirne wäre noch zuletzt und allein am späten Abend in der Kirche gewesen; worauf sie auf die Folter gelegt wurde, weil sie sich des Kirchenraubs nicht schuldig gab. Der Pfleger war dabei und weidete sich an ihren Schmerzen, bis sie in dem Marterstuhl, der Lüneburger genannt, ihren Geist aufgab. Ihr Leib wurde von dem Scharfrichter in einem Sack unter den Galgen gebracht und etwas mit Steinen von dem Acker daneben zugedeckt. Auch krähte kein Hahn darnach, weil die Dirne ein Findelkind gewesen war und so unbeweint starb, wie ein Rebhuhn, das von dem Habicht gepackt und erwürgt wird. Als aber der Pfleger mehrere Jahre darauf unten an dem Galgenbühl vorüber reiten wollte, rollte ein Todtenkopf den Hügel herab, und darüber wurde sein Gaul scheu und sprang mit ihm in den Wildbach, daß Roß und Reiter den Hals brach. An dem Hochufer stand noch lange eine steinerne Säule, und auf der Kupferplatte hinter dem ei= sernen Gitter darin stand das Fegfeuer und darunter die Bitte für die arme Seele zu beten. Aber obgleich der Pilgerweg nach Altötting daran vorübergeht, wird der Pfleger von Mit= tenfels doch noch nicht herausgebetet sein.

2. St. Antonius.

Zu Flintsbach am Inn weiß das Kind auf der Gasse, warum der Berg draußen vor dem Ort unten ein Loch hat, und warum in der St. Antonius=Kapelle auf seinem Gipfel ein Stein von dem Marmorpflaster höher liegt, denn die an= dern. Denn die Flintsbacher erzählen sich von Alters her, wie der heilige Antonius auch einmal zu ihnen kam, als er umhergieng, zu sehen, ob seiner noch auf Erden gedacht werde, und wie viele ewige Lichter und Kerzen auf seinen Altären brennen. Unten am Berg aber saß der Teufel auf einem ver= rückten Gränzstein und sprach zu dem Heiligen: „Was gilts, ich bin eher droben als du!" „Es gilt," antwortete der Hei= lige und gieng langsam zu. Denn er war mit Leichdörnen behaftet. Der Satan aber fuhr in den Berg, wie der Mar= der, wenn er gehetzt wird, in den Haufen Laub, und blitzschnell durch alles Gestein hinauf bis unter den Boden des Kirchleins. Da lüpfte er auch einen von den Quadersteinen. Weil aber das Pflaster ein geweihtes war, fiel der Stein wieder zu und klemmte dem Beelzebub die zehn Krallen ein, daß er nicht wieder loszukommen vermochte und Trübsal blies, ärger denn der Fuchs im Eisen. Und da müßte er noch heut zu Tage zappeln und zähneklappen, wäre nicht endlich St. An= tonius nachgekommen und hätte in wieder losgelassen. Seit der Zeit aber redet man in Flintsbach und anderwärts von dummen Teufeln.

3. Der Gränzstein.

Am Inn begab es sich auch, daß ein Bauer einen Mark= stein verrückte und umgieng, als er gestorben war. Denn so oft der Mond im Zunehmen war, gieng er von dem Kirchhof aus und wandelte die Dorfgasse auf und ab, einen schweren Stein auf der Schulter und mit dem fortwährenden Geschrei „Hoi! hoi! wo soll ich ihn hinthun? Hoi! hoi! wo soll ich ihn hinthun?" daß die Kinder aufwachten und die Großen vor Entsetzen das Deckbett über die Ohren zogen. Und weil der Spuck nicht mehr zu ertragen noch auszuhalten war, versammelten sich eines Tages um Mitternacht Schultheiß, Pfleger und Gemeindebevollmächtigte auf den Gottesacker und rathschlagten, wie sie die arme Seele zur Ruhe bringen möchten. Aber sie fanden keinen Rath. Denn der Pfarrer war ihr schon mit Weihwasser und Exorcismus zu Leibe gegangen und hatte nichts ausgerichtet, sondern nur das Uebel ärger gemacht. Da gesellte sich ein Simpel zu ihnen, und als der Geist, wie er gewohnt war, von seinem Umgang auf den Kirchhof zurückkehrte und noch einmal rief: „Hoi! hoi! wo soll ich ihn hinthun?" antwortete der Narr: „Wo= her du ihn genommen hast." Und siehe da, die arme

Seele sank in ihr Grab hinab und ward von da an nicht mehr gesehen, noch gehört.

Das waren die neun Proben, welche die obersten Knaben der Cantoratsschule auf ihre Schiefertafeln schrieben und der Schloßfrau präsentirten. Diese wunderte sich immer über die eine mehr als über die andere und fragte den Can= tor, wie seine Schüler zu diesen Dingen gekommen wären. Der Gefragte legte seine Hand auf die Schulter des Sohnes der Aenni und erwiederte, alle diese Geschichten kämen von dem Gottlieb da. Wenn er etwas lese oder höre, was in seinen Kram tauge, verarbeite er es in seiner Seele, wie die Biene den Blüthensaft in ihrem Honigmagen, und gebe es seinen Kameraden wieder, wenn er mit ihnen ins Holz gehe oder die Gaisen hüte oder an Sonntagen mit Regenwetter in der Stube seiner Mutter beisammen sitze. Doch das wäre das Geringste an ihm. Durch seine anderen Gaben und Fort= schritte sei er nun für eine höhere Schule reif. Aber ihn in eine solche zu bringen, dazu fehle es am Besten.

Diese Andeutung war für das weiche Herz und für die milde Hand der Schloßfrau schon genug. Nachdem sie die Aepfel und Wecken unter alle Kinder in der Schule gleichheitlich vertheilt und einem jeden von den neun Erzäh= lern einen blanken Fünfzehner beigelegt hatte, ließ sie sich herbei, den Sohn der Aenni zur Hälfte auf dem Gymna= sium in Ellersheim zu erhalten.

Die andere Hälfte aber fand sich bald dazu. Der reiche

Krämer Gutmann, der in seiner Gart
Ohren-Zeuge von der gewissenhaften Aep
hatte ein Familienstipendium zu vergeben
auf die Empfehlung des Cantors unsern G
ter da war, der vor diesem hätte berücksid

So wurde der Knabe in dem Ellers
der hoffnungsvollste Schüler der Anstalt.

Als Gottlieb aber die Universität be
es wieder am Besten. Denn kurz vorher
gestorben und ein junger Zweig des Gesch
den Genuß des Familienstipendiums here

Da kam es einem reichen Kaufma
dessen einziger Sohn mit Gottlieb in
war, in den Sinn, einen Preis von zu
den Abiturienten auszusetzen, welcher den
Beweis liefere, daß er nicht nur das Re
auch das Produciren gelernt habe, ode
der derbe Kaufherr ausdrückte, nicht
sondern auch etwas aus sich schaffen kö
gutem Deutsch.

Den Preis erhielt der Sohn der
zwanzigmal mehr dazu. Der Preisgeb
Sohne als Stubenburschen mit nach Tübi
ihn dort mit Allem, bis er absolviren
diplom mit heim nehmen konnte. Und ba
Jugendzeit unseres Gottliebs ihr Ende